女という生きもの

益田ミリ

幻冬舎文庫

女という生きもの　目次

「女に友情はあるのか？」

アホか そりゃ あるやろ
パクッ

女という生きもの

01

セックスミステリー

男の子はおちんちん。じゃあ、女の子のはなんと言うんだろう？

子どもの頃、自分のからだの一部分に名前がないことが不思議だった。別に困りはしなかったのだけれど、わたしは知りたかった。母親には聞けなかった。幼いながら、そこはなんだか恥ずかしい場所だったのである。

「女の子はおちょんちょんって言うんやで」

近所のおばさんが自分の娘にそう言っているのを聞いて、わたしは「それは違う」と思った。わたしはおばさんが編み出した名前ではなくて、本当の名前を教えて欲しかった。

小学校の4、5年生くらいになってくると、学校で性教育なるものが始まる。わたしは、やっと女の子の性器にも名前がついていることがわかった。妙に感心したのを覚えている。

スライド上映で性行為についての解説もあった。見てもよくわからなかった。それは古代文明の壁画を見るのと同じだった。ざっくりとしたイラストで描かれた男性と女性が重なり合っている図。どこがどうなっているのかピンとこなかった。写真にしてくれればいいのに。本気で思っていた。

赤ちゃんができるまでの過程を教科書で習って小学校を卒業するものの、中学生になってもどうしたら子どもができるのか、根本的には理解できていなかった。

男と女。手をつないだだけでは赤ちゃんはできないはず。

あるとき、わたしはひらめいた。

ツバではないか？

キスをして、男の人の唾液が女の人の口に入ったら妊娠するのでは？

そうだ、そうに違いない。精子と卵子は結びつかなければならぬ。ということは、なんらかのものが女性のからだに入ってこなければ理屈に合わない。きっと男の人のツバの中には精子がまじっているのだろう。自分の仮説に納得した。ただ、それはそれで問題が残った。

妊娠するには、一体、どれくらいのツバを飲まなくてはいけないんだろう？

わたしは気分が悪くなった。ばかばかしい話である。


エロ本と呼ばれるものが、ときどき子どもの遊び場に落ちていた。自転車置き場の死角だったり、堤防に投げ捨てられていたり。わたしたちはそれをこっそりと拾い、男子の来ないところでクスクスと笑いながらページをめくった。わざとふざけ合った。子どもが真剣に見てはいけないものなのだと感じ取っていたのである。

その本を見ても、知りたいことはなにもわからなかった。エロ本のマンガに出てくる男女は、下半身の一部分だけ後光が差したようになってごまかされていた。大人たちは肝心な場所を描いてくれてはいないのである。

マンガの中に、女の人が「熱い、熱いわ、燃えているわ」とよがっているシーンがあって、ひとりの子が、

「火事なのかな？」

と言った。

わたしはそうではないと思った。気持ちがいいという意味なんじゃないかと、その子に説明してあげた。勉強はできなかったくせに、妙な読解力だけはあったのである。

今はほとんど見かけないけれど、エロ本の自動販売機があった。わたしはその前を通るとき、いつも身構えた。さっさと去りたい気持ち。なのに、立ち止まってじっくり眺めてみたい思いも心のどこかにあるのである。

どんな人があの自動販売機で本を買うんだろう？

誰かがお金を入れているところを目撃したことは一度もなかった。


飼っていたモルモットを近所の公園に放し、クローバーを食べさせていたときのことである。10歳くらいだっただろうか。公園の柵の向こうに白い車が停車し、運転席の男の人が声をかけてきた。

「なにしてるの？」

まったく知らない人だった。わたしは怖くなり、すぐにモルモットを抱えて立ち上がった。走って帰ろうとしたとき、運転席の男の人が、股に置いた右手になにかを握っているのが見えた。胡麻《ごま》を擂《す》るときに使う棒かな？　と思った。それがなんだったのかがわかるのはずいぶんあとになってからだったけれど、でも、あのとき、自分のことをいやらしい目で見る大人がいる世界に気がついたのである。

とても不思議だった。

だって、わたし、子どもなんだよ？

わたしにはわからなかった。わからないまま怖かった。家に帰っても母にはなにも言わなかった。言えば叱られるような気がしたのである。

「だってオレ、全部わかってるもん」

中学1年生の保健体育の授業中にひとりの男の子が言った。友達としゃべっていたのを注意され、彼は先生に口答えをしたのである。性教育の授業だった。

「知ってるんやったら、言ってみろ」

男性教師に切り返され、男の子は苦笑いしていた。全部わかっていると言った彼がうらやましかった。どうやったら赤ちゃんができるのか、わたしの謎は解明されてはいなかった。

からまっていた性の知恵の輪が外れたのは、中学1年生の春休みだった。

わたしは少女漫画を読んでいた。作家名も漫画のタイトルも忘れてしまったのだけれど、あるシーンで、なぜかすべてに納得がいったのである。

主人公の女性が、男の人と抱き合っていた。ふたりとも洋服は着たまま床の上に横たわっていた。彼女は心の中でこう思う。「彼のがこんなに大きくなっている」

わたしはこのシーンを見て、そういうことか、と思ったのだった。大きくなっていることが洋服の上からでもわかるくらい、男性の性器は極端に変化するものなんだ！　それがわかったことで、不思議と腑《ふ》に落ちた。ツバを飲んでも妊娠しないことを理解したのである。

はじめてアダルトビデオを見たのは高校生の頃だった。親が旅行中という子の家に女生徒10人ほどが集合し、誰かが入手してきた妖《あや》しげなビデオを見ることになった。

ビデオ上映会のおしらせ！

という手紙が授業中にまわってきて、見たいものにマルをしてくださいと書かれてあった。

1、ノーマル

2、ハード

3、外国もの

みなでキャッキャッとはしゃいだ。誰も男の子と付き合ったこともないくせに、あれこれと余計な情報をつなぎ合わせ、ノーマルだのハードだのとわかったようなことを言い合っていた。

しかし、ビデオ上映会が始まったとたん「キャー」という悲鳴。いきなりおじさんの素っ裸が画面に出てきて、わたしたちは大騒ぎである。ちょっと落ち着こうよ。一旦、ビデオを消した。それは俗に言う裏ビデオというものだった。

上映会はすぐに再開した。もう見るのやめよう、とは誰も言わなかった。みな興味津々《しんしん》だった。大人の男性器を目《ま》の当たりにして、想像していたよりずいぶん大きいんだなぁとわたしは思った。次第にビデオにも慣れてきて、ポテトチップスをつまみつつ「このおっちゃん、下手《へた》！」などと言い、最後は早送りして見る始末である。

こんなことをしていた一方で、わたしたちはふわふわと夢も見ていたのである。

結婚は常に美しいものだった。フリルのついたエプロン、おそろいのマグカップ、かわいいパジャマ。結婚とは、新婚生活のことだった。そこにアダルトビデオのような「性」は存在しなかった。

「ミリが一番最初にお母さんになりそう」

高校の仲良しの友達はそう言った。お菓子を作るのが得意だった。手作りのクッキーを学校に持って行くと、おいしい、おいしいと喜ばれた。わたしたちにとって母になることは、お菓子のように甘やかな物語だったのである。

当時の友人たちの子どもは、そろそろ高校生になろうとしている。わたしたちがアダルトビデオに悲鳴をあげていたお年頃である。

ふむふむ

女という
生きもの
01
25年くらいぶりに「セブンティーン」を買ってみたんです
どれどれ
かわいい洋服や靴がいっぱい載っていて
うんうん
変わってないヨ
だいたいのものが5000円くらいで買えるんです
今ならなんでも買える!!
欲しいときにはお金がない
買えるときには似合う服がない
フッ
「彼氏ができるコできないコの分かれ道」という特集もありました
ムムム
お昼にメロンパンを選ぶコと

カレーパンを選ぶコ
「彼氏ができるのはどっち?」
うーん
答えはメロンパンだそうです
お腹《なか》へるヨ〜
女子がデカいパンをちびちび食べるのがいいという男子の意見
もぐもぐ
彼氏できるコ
カレーパンは口のまわりがベトベトでNGだそうです
ベトベト
彼氏できないコ
ん?
「ホイコーローパン」のような個性的なパンもNGだそうです
ホイコーローパンって?

02

もしお母さんになったら

西原理恵子《さいばらりえこ》さんの漫画を旅先で読んだ。今年（2010年）の1月だった。毎日新聞に掲載されていた、とても素敵な漫画だった。

ある朝、西原さんの小学生の息子さんが学校に行きたがっていなかった。いつもと違う雰囲気を感じ取った西原さんは、学校を休ませ一緒に散歩に出かける。息子さんは、お母さんが忙しい人だとわかっているから仕事の心配をするのだが、西原さんは「あなたとの散歩のほうが大切」っていう光線を送り、ただぷらぷら歩いて、お店であったかいうどんをふたりで食べて帰る。そんな短いストーリーだったのだけれど、涙もろいわたしは、ホテルのロビーでハンカチを取り出して少し泣いてしまった。

子どもの心を強くするのは、きっとこういう思い出なんだろうなぁ。

大人になって、くたびれるようなできごとがあったとしても、

「とりあえず、散歩でもするか」

とか、

「ひとまず、あったかいもの食べよ」

そんなふうにたくましく思えるのかもしれない。

ああ、こういうお母さんになりたいものだ！

ごく自然に思っているわたしがいた。

思うのは自由である。だけど、どう考えても辻褄《つじつま》が合っていない。現実のわたしは、いつの間にか41歳。正月早々、ひとりで高知県を四泊も旅しているような人生を進んでいるのである。


肌荒れが気になり、漢方薬を試してみることにする。

漢方薬局に行くと、最初に質問表みたいなものを渡された。何個くらい質問があったたろう。50はあったと思う。

責任感は強いほうですか？

よく落ち込みますか？

漢方薬というのはメンタル面も重要になってくるようだ。

質問の隣に「はい」「いいえ」「どちらでもない」と書いてあり、そのどれかにマルをつけることになっている。

自分のことをユニークだと思いますか？

という質問を見て、思わず手がとまる。
「はい」にマルをつける人って、もはやユニークな人ではないのではないか？　この質問の裏には、何かが隠されているに違いない。ついつい勘ぐってしまう。
似たような質問では、
おもしろい人と言われる
というのもあった。
堂々と「はい」と答える勇気が、どれだけの人にあるのでしょう。それとも、意外とみんな気軽に「はい」にマルをつけているものなのだろうか。
一回も嘘をついたことがない
この問いにいたっては、「はい」と答えた人を、そういうのが嘘って言うんだよ！と叱るためのもののように見えてしまう。
出されたお茶を飲みつつ、作戦には引っ掛からないんだゾ〜という疑心暗鬼な回答をつづけた。その結果「どちらでもない」ばかりにマルがついて、優柔不断な人間ができあがる。漢方薬の処方に問題は出ないだろうか……。
友人、知人におすすめの漢方薬局をいくつか紹介されていたので、他の店にも行ってみた。

次のところには細かい質問表はなく、冊子を使って漢方薬のことを説明してくれた。冊子には、女性の心やからだの様子が年齢ごとに区切って箇条書きになっていた。ふむふむ。30〜41歳のところを読むと、嫌なことがあっても立ち直るのも早い、とあった。ふむ。41歳のわたしは、まだここに入っている。よかった。立ち直るのも早いそうだ。ということは、もうすぐやって来る次のステージでは、立ち直るのが遅くなるのだろうか？

おそるおそる42〜50歳（だったと思う）というくくりの女性の欄に目をやる。やっぱりそうだった。立ち直るのも遅くなると書いてある。それは困るなぁと思ったのだけれど、その次に書いてあった文章を見てハッとする。正確ではないけれど、こんなことが書いてあったのだ。

子どもを産まなければならないという気持ちから解放されるが、もう産めないのかもしれないと自信をなくす時期
その冊子によれば、わたしは来年から自信をなくす時期に突入することになっていたのだった。

30歳になったばかりの頃だった。

仕事の打ち合わせの席に、母親ほど歳《とし》の離れた女性がいた。なんの話題からわたしがそう答えたのかは覚えていないのだけれど、

「子どものない人生でもいいかなぁと思ってるんです」

と言ったら、その人はわたしの顔を見つめて、

「そんなこと言ってたって、結局、絶対に産みたくなるのよ」

ちょっと怒った顔をしていた。

反論はしなかった。だって、なにを言ってもどうにもならない。相手はわたしよりたくさん歳を重ねているのである。過去を振り返って発言している人には太刀打《たちう》ちできない。

また別の女性は、若いわたしにこんなことを教えてくれた。仕事のできる素敵な人で、ひとまわりほど年上だった。

彼女は言った。

「人生でなにも後悔することはないけど、でもねぇ、子どもだけは産んでおけばよかったって思うの」

そのときもまた、わたしはなにも言えずに黙っていた。どう答えればよかったのか今でもわからない。しんみりとした気持ちになって家に帰ったことだけを覚えている。


たまに、びっくりするようなベビーカーに遭遇する。

街を歩いていると、前方から奇妙な物体が向かってきて、視力の悪いわたしは「なにごと?」と思う。ベビーカーだろうという予測はもちろんついているのだけれど、あまりに大げさな姿形をしているものだから、近くにやって来るまで落ち着かない。

ショッピングカートくらい高い位置に赤ちゃんが座っていたりするものもあれば、どこかの国の人力車みたいに色鮮やかな三輪のベビーカーもある。いろいろあるんだなぁと感心してしまう。

見つけて嬉《うれ》しくなるのは、ごく普通のベビーカーに大量の荷物をぶらさげているタイプ。おしめが入っているであろう大きなバッグや、スーパーで買ってきた食材、ケーキの箱、紙袋、傘、その他もろもろ。まるで小さなおうちを押しているみたいににぎやかである。

小学生の頃、教科書の隅に繰り返しわたしが描いていた絵はこれに近かった。小さなおうちに車輪を付け、家族で世界一周の旅に出るという自分の中のお話が大好きだった。全国民にそういう司令が出て、とにかく家族一丸となって旅に出なければならない。その理由は、広い世界を見て勉強してくるためだ。だから学校なんか行かなくていい。クラスの子も全員、それぞれの「おうちカー」に乗って旅に出るのだ。

家族4人。お父さんとお母さんとわたしと妹。わたしはまだ子どもだけど、お父さんやお母さんの役に立つようにがんばるんだ！

考えるだけでわくわくして、授業中にそんな絵ばかり描いていた。

たくさんの荷物をぶらさげているベビーカーを目撃するたびに、わたしの幼い頃の空想の世界に似ているなぁと懐かしい。

そして、さらに自分があることを考えているのに気づくのである。

わたしなら、どんなベビーカーを選ぶだろう？

ベビーカーを見ては「わたしなら？」と考え、西原さんの漫画を読んでは、こんなお母さんになりたいと思っているわたし。

「そんなこと言ってたって、結局、絶対に産みたくなるのよ」

「でもねぇ、子どもだけは産んでおけばよかったって思うの」

あの言葉たちが、いつか胸に突き刺さる日がくるのだろうか。


ずいぶん昔、雑誌の取材で前世を占ってもらったことがある。わたしはそういうことには、あまり興味がないのだけれど、もし来世というものがあるとしたら、次は自分がどんなふうに子どもを育てるのかを見てみたい気がする。

なんて言おうものなら、

「これからでも、まだ大丈夫だよ」

励まされることがある。

そうじゃない。人生が一回しかないのなら、わたしは30歳の頃と変わらず、親にならない人生も悪くないかもしれないなぁと思っているのである。先のことはわからない。

このフワッとしたわたしのまんま年老いていくと、一体、どういう人生に仕上がるのだろう？

あのあたりで生き方を変えておけばよかった……。

しゅんとする朝が訪れたときには、とりあえず散歩に出て、あったかいものでも食べよう、と思えるわたしでいたいと思うのだった。

女という
生きもの
02
ひとり旅で古い民宿に泊まることになる
民宿
ここだ
おばあさんがひとりで切り盛り
はい
いらっしゃい
客はわたしだけ
ポッン
お茶
どうぞ
おばあさんのリビングでふたりきりの夕食
いただきます
あなた
お子さんは?
いないです
そう……

わたしに子どもがないことに、悲しそうな顔をしたおばあさん
きっと、
おばあさんの人生は、子どもがいて幸せだったんだろう
なんか、よかった
これもおいしいよ
ホッ
わたしにも
もぐもぐ
たぶん
わたしだけが知っている幸せがあって、
そのことが誰かに伝わらなかったとしても
別にいいのかもしれないな
おいしい〜

03

母なるもの

お母さんごっこで、一番人気がないのはお父さんの役だった。わたしを含め、みな団地の子たちである。父親が働いている姿を見たことがない。「行ってきます」と元気よく出かけても、お父さん役の子はなにをしていいのかわからなかった。自転車置き場をぐるりとして、すぐに帰ってきた。

お父さん役といえば、高校生の頃、なにかで目にしたアンケート結果で、夫がしてくれる家事のトップが「ゴミ出し」だったことにびっくりした。

ゴミ出しって、ゴミを出すこと？

あれって家事だったんだと、拍子抜けした覚えがある。

先日、同じようなアンケート結果をどこかで見て、やっぱりトップは「ゴミ出し」だった。そして、どうしても思い出せないのである。円グラフの一番大きい面積だった「ゴミ出し」の次がなんだったのか。ゴミ出しを家事に入れなかったとしたら、なにが一番になるのかなぁ、と気になりつつ、ゴミ出しってやっぱり面倒だから、家事のひとつだとも思うのだった。

お母さんごっこのお父さん役は不人気だったけれど、かといって、お母さん役を奪い合うようなこともなかった。一番人気は子どもの役で、しまいには、全員が子ども役だったこともあった。役づくりなどしなくても、充分、子どもなのだが、不思議なことに、誰もが今の自分より幼い役をやりたがった。甘えたり、わがままを言ったりしたいのである。


友達に子どもが生まれ、お祝いを届けに行くと、

「抱っこしてみる？」

気をつかって言ってくれることがある。

「いい、いい、どうしていいかわかんないし」

「平気だよ、ほら」

ちょんと膝《ひざ》の上に乗せられたりする。怪我《けが》でもさせたら大変！　と思うから、もうおっかなびっくり。そんな胸の内がわかるのか赤ちゃんも不安そうで、早くお母さんのとこに帰りたいという顔になっている。

「イクメン」という言葉を耳にするようになった。育児をする男の人たちのことである。イクメン。まるで新型のヒーローみたいにかっこいい。育児をするお母さんにも、

かっこいい名前がつけられているのだろうか。

最近、子どもが生まれたという知り合いのイクメンに、育児というものがどれだけ大変なのかを教えられている。

「知ってました？　赤ちゃんって一日に何度もおしめを替えなくちゃいけないんですよ」

「まぁ、そうなんですか……」

恥じる必要などないのに、彼の話を聞いているともじもじしてしまう。42年間も生きてきて、わたしは一度も赤ちゃんのおしめを替えたことがない。ミルクを作ってあげたこともないし、お風呂の入れ方も知らない。抱き方さえもわからないのだった。今の子どもたちは、イクメン役ならできるのだろうか。

剣道を習っていたことがある。

日曜日に小学校の体育館で行なわれていた剣道教室である。外部から数人の先生を呼んで教えてもらっていた。

やりたいと言い出したのはわたしである。11歳のときだった。学園ドラマの再放送をテレビで見て、かっこいいと思ったのである。主人公は剣道部の主将で、あの頃のわたしのヒーローだった。

しかし、実際に習ってみれば、つらいのなんの。袴《はかま》姿でウサギ跳びをしたり、同じ背丈の子どもを肩車したまま走ったり。大人になってその話を整体の先生にしたら、よく怪我をしなかったものだと呆《あき》れられた。

こてんぱんにやられるまで稽古をつけられる「かかり稽古」というのは、本当に恐ろしいものだった。先生にひとりずつ向かっていき、突き飛ばされては転び、立ち上がっても、すぐまた竹刀《しない》で振り払われる。いろんなところに青痣《あおあざ》ができ、何日も消えなかった。そろえてもらった道具が高かったことを思えば、やめたいなどと親には言い出せなかった。

楽しい思い出がなかったわけではない。試合に勝ったときは嬉《うれ》しかったし、負けても清々《すがすが》しい気持ちの日もあった。剣道の所作を、子どもながらに美しいとも感じていた。

ただ、そんなことを差し引いても、習っていた5年間のことを思うと、薄雲がかかったようなもやもやした気分になるのである。えいえいっと戦ったりするのが、気の小さいわたしの性格には向いていなかったんだろう。

練習が終わったあと、先生の控え室にお茶とおしぼりを持って行くのは女の子の仕事だった。一番年上だったので、最初はわたしの役目だった。年下の女の子たちが高学年になってくると、その子たちの役になった。お茶の準備をしていたのは、当番で来ていた児童たちのお母さんだった。


エレベーター内の入り口付近に立っているくせに、なんにもしない人、というのがいる。「開く」のボタンを押してあげないから、最後に乗り込んできた人がガシッとはさまっていたりする。

全員が降りるようなときでも、最後まで「開く」のボタンを押しつづけている人もいる。ボタンの近くにいれば、わたしもそうしている。そんなとき、ぴょこんと頭を下げて降りて行く人もいれば、知らん顔の人もいる。あの狭い空間の中でも、人間観察はできるものである。

ときどき、ベビーカーを押す若いお母さんと乗り合わせることがある。そんなときは、たいていベビーカーの赤ちゃんに笑いかけている。かわいいなと思う気持ち、間《ま》を持たせたい気持ち、いい人と見られたい気持ち。状況によって配分は多少変化するが、基本は笑顔。

赤ん坊に微笑《ほほえ》んでいるときのわたしは、はたから見ると母性に満ちた人のように映っているのかもしれない。

携帯アドレスを登録しておけば、最寄りの警察署からお知らせが届くということを知り、登録してみた。届くメールの大半は、ひったくりと不審者情報である。

「午後2時頃、どこそこの路上で帰宅途中の子どもが不審者に声をかけられました。犯人の特徴については……」

多いときは日に何度も似たようなメールが届く。小さい子どもを持つ親御さんは心配なことだろう。

家の近所で、ときどき見かける小学生の男の子がいる。3、4年生くらいだろうか。

知的障害があるようで、ひとりごとを言いながら、のんびりと下校している。

つい先日も、コンビニにコピーを取りに行った帰り、黒いランドセル姿の彼が前を歩いていた。雨はやんでいて、手に持った傘を地面にとんとんしてリズムを楽しんでいる。かわいらしい男の子である。

途中の分かれ道で、彼とは別々の道になる。わたしは、細い路地を歩く彼の背中を立ち止まって見ていた。

悪い人に声をかけられたりしないかな。

彼が路地を曲がり切るまでは、できるだけ見ていてあげることにしている。

これを母性と言う人もいるのだろうか。小さな子どもたちが、安全に家まで帰れるようにと心配する気持ちは、そんなところから湧き上がっているのだろうか？　わたしはそうじゃないと思う。そう思うのだった。

女という生きもの 03
道を歩いていたら
前から
ベビーカーを押す女性が来ました
半年ほど前にお店でジーンズの試着をしたときに
小さそう
無理して腰を痛めたわたしは
いてて
最近、ベビーカーを押している人がうらやましいんです
わたしも押して歩きたい違う意味で
楽〜

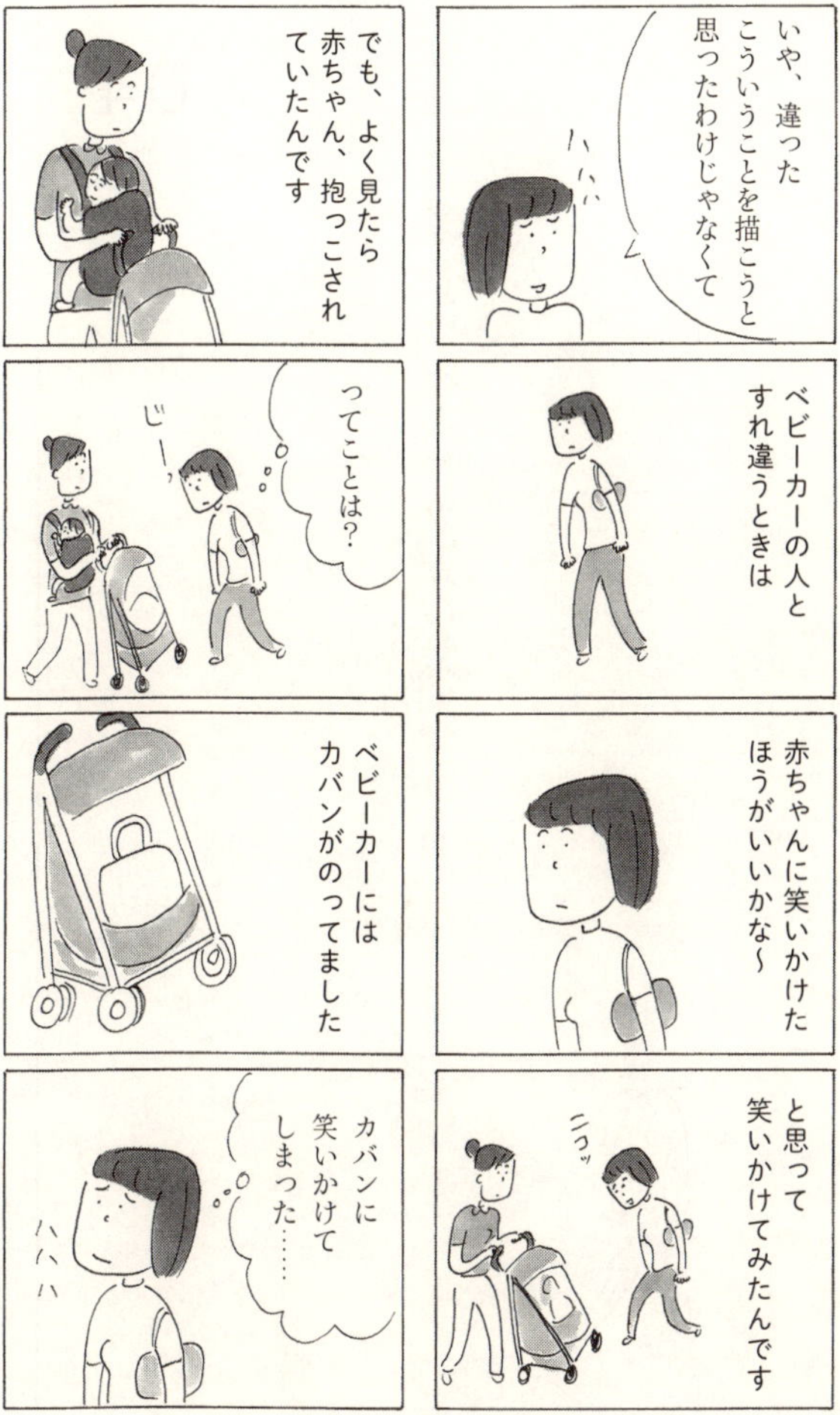
いや、違った
こういうことを描こうと
思ったわけじゃなくて
ハハハ
ベビーカーの人と
すれ違うときは
赤ちゃんに笑いかけた
ほうがいいかな〜
と思って
笑いかけてみたんです
ニコッ
でも、よく見たら
赤ちゃん、抱っこされ
ていたんです
ってことは?
じーー
ベビーカーには
カバンがのってました
カバンに
笑いかけて
しまった……
ハハハ

04

妻とのセックス

「妻とは、もうセックスしていない」

食事の最中、そのオジサンは、わりと唐突に言った。

なんのことだろう？

わたしは状況が飲み込めず、「は？」などと聞き返したのだと思う。しかし、オジサンは赤ワインを飲みつつ、妻とセックスしていないという話をつづけるのだった。仕方がないので、わたしは「はぁ、そうですか」を繰り返していた。今から十数年前の話である。

当時、わたしはまだ20代の半ば過ぎで、知り合いの知り合いという、いまひとつ知らない女性に誘われて行ったマスコミ関係の飲み会の席に、そのオジサンはいた。後日、街でバッタリ再会し、どこかで食事でもしましょうと誘われついて行くと、

「妻とは、もうセックスしていない」

が、始まったのである。

妻とは、もうセックスしていない。

だから？

すると次第にお金の話題になった。わたしの勘違いでなければ、おそらく愛人にな

らないかという誘いだったのだと思う。

わたしは上京してきたばかりで、仕事もないから貯金を切りくずしつつ暮らしていた。その人から見れば、ぶらぶらしている世間知らずの若い女の子なわけである。業界話にいちいち感心してみせる姿も新鮮だったのだろう。

ようやくオジサンの申し出がわかり、あわてて話題を変えた。二度と会うことはなかった。あの人と行った店は、今から思えば、たんなる洋風居酒屋だった。

20代の半ばでイラストレーターになろうと上京するとき、わたしにはなんのあてもなかった。それまで勤めていた会社の人たちが、東京での家探しが心配だからと不動産屋を紹介しようとしてくれたり、出版社に知り合いがいるから声をかけようかと言ってくれたりした。とてもいい人たちだった。

だけど、わたしはなんのあてもないのがよかった。若かったし、自分の力だけでやってみたかった。すべて断って、ひょいっと上京した。

上京後、すぐに髪を短く切った。若い女の子というだけで、仕事なんか欲しくない。気が小さいのに自信家だった。だから、知らないオジサンに愛人勧誘などされた日には、ひとり暮らしの部屋に帰り、悔しくて朝まで眠れなかった。

つい最近、20代の頃の日記だけをバッサリと捨てた。日記そのものは小学生時代からつけていたのだけれど、30歳になる少し前から書かなくなった。仕事として漫画やエッセイを書くようになったことが、その代わりになっているのだと思う。

さて、そのバッサリと捨てた20代の日記。たまたま調べものがあって十数年ぶりに開いたのだが、読み返してみれば、書かれてあることの大半が恋愛がらみだった。そこには、むせ返るような「性」の香りがただよっていた。

実家暮らしだった頃の、ある日の日記。

当時の恋人と、デートをしてきたようである。待ち合わせ場所にやって来た彼が最初に言ったひとことや、彼のネクタイの柄などを書き残している。

なんてかわいらしい！

と思って読み進めてみれば、日記はその後、ぽーんとラブホテルのシーンに飛んでいるのだった。どこで食事したとか、どんな話をしたとか、そういうことはすっぽりと抜け落ちており、いきなりラブホテルの中でのできごとが事細かに記されてあった。

デートから帰ると、家族との会話もそこそこに、すぐに机に向かったんだと思う。そして、さっきまで彼にどんなことをされてきたのかを忘れないうちに記録したかったのだ。あとで何度も思い出せるように。

徐々にずり下ろされた結果、片方の足首にレースのパンツが巻き付いているのだけれど、果たしてこれをポイッと投げ飛ばしてもよいのだろうか？　と、その最中に考えていたこと。そして、足首に残っているほうが彼が喜ぶかもしれないという結論に達し、そのままにしておいたこと、などなど。自分がこんなことまで書いていたのかとバカバカしくなり、夜中に何度も大笑いした。

日記というのは、こんなことを書くために存在するものなのだろうか？　もっと、なにか書かねばならんことがあったのではなかろうか？

呆《あき》れつつ次のページを開いてみれば、間取り図が描いてあった。ラブホテルの部屋の間取りである。しかも、俯瞰《ふかん》図ではない。まるでその場で写生でもしてきたように、立体的に描かれているのだ。ベッドがあり、ベッドの横に丸いテーブルがあり、黒いソファがある。真向かいには小さな冷蔵庫、その横におかしなおもちゃを売っている販売機。美大で学んだデッサンがこんなところで活かされていた。さすがに裸の人物までは絵にしてなかったのでホッとしたものの、こんなもの、とっとと捨ててしまわねば。シュレッダーにかけて粉々にし、ゴミの日に出した。

「もったいない、どうして捨てたんですか！　二度と読めないんですよ」

何人かの編集者に言われ、せめてコピーでも取っておけばよかったのにとも言われたけれど、自分が二度と読めないことより、誰かに読まれて失笑されるほうが恐怖である。


家にコピー機を置いていないので、仕事で必要なときはコンビニを利用している。コンビニのコピー機は、いつも知らぬ間に最新の機種に替わっている。まだ使えたはずの古いやつは、一体、どこにいくんだろう？

コンビニで大量のコピーを取っている間、ふと目についた男性誌をパラパラとめくってみた。きれいな女性たちが、『男性に連れて行ってもらいたいレストラン』について座談会をしていたので読む。

彼女たちいわく、三回目のデートというものは「落ちる」か「落ちない」か、ものすごく大事なところらしい。高級フレンチとか、三ツ星レストランでないと、落ちるものも落ちないのだそうだ。洋風居酒屋で愛人に勧誘されるのとは大違いである。

デートの演出も重要らしく、たとえば、コース料理の最後のデザートプレートに一輪のバラが添えられて出てくるとか、待ち合わせのときに男性から洋服と靴をプレゼントされ、「これに着替えておいで」と言われたいとか。まるで外国映画の世界だけど、読んでいるかぎり、彼女たちの日常には似たようなことが起こっているようである。

デートの前に洋服のプレゼントかぁ。

もし、そんなことを今のわたしがされたとしたら、ものすごく困る。ワンピースの背中のファスナーが閉まらず、試着室で頭を抱えている自分の姿が浮かんでくる。

すんなり洋服が入ったとしても、

「大きなサイズの服を買われてしまった！」

それはそれで傷つきそうな気がする。

一度でいいから行ってみたい店がある。一流と呼ばれているような高級なお鮨《すし》屋さんである。

どんな客が来ていて、板前さんとどんな会話をしているのだろう？　興味がある。

しかし、そこにたどりつくためには、いくつかの壁を越えねばならない。

もちろん、第一の壁は連れて行ってくれる人物との出会いである。いろいろ質問したいから、その店の常連客であって欲しい。

第二の壁は、わたしが生の魚をそんなに好きではないということである。食べようと思えばなんでも食べられるのだけれど、高級鮨屋ということは、どれも高額なネタなわけで、せっかくだから自分の好物だけを好きなように食べてみたいのだった。

マグロ、中トロ、イカ、中トロ、ウニ、甘エビ、中トロ、ウニ、中トロ、カッパ巻き。高級鮨屋に連れてきた女がこんな注文をして、それをおもしろがってくれるのは、果たしてどんな人物なのだろう？　その人、きっと仙人である。

昔、東京のこざっぱりしたお鮨屋さんに行ったことがある。

でも、こざっぱりしていなかった。こざっぱりしていなかったのは、そこの板前さん。一緒にいた男性が出版社の人とわかると、

「あのマンガ家、売れちゃってテレビのアニメとかにもなってるんでしょう？　奥さん売れて、ダンナ、立つ瀬ないね、ヒモやってんでしょ、ヒモ」

にぎってくれたお鮨は、なんだか味気なかった。


女友達数人と安いお鮨を食べた帰り。

わたしはいい気分で電車を降りた。楽しかったのだ。最近、同じ年頃の女友達とのご飯がますます楽しい。

お腹《なか》まわりの贅肉《ぜいにく》のことはもちろん、肩凝りがひどくなってきたとか、肌が乾燥するとか、シミが増えたとか、そんな話ばかりしている大人たちのことを寒々しく思っていたけれど、いざ自分たちがやってみれば、軽い自虐も楽しいものだった。

愉快な夜だったなぁ。鼻唄のひとつでも歌いそうな足取りでホームの階段をのぼりきると、一組のカップルが目に入った。

ふたりとも20代半ばだろうか。彼女は深くうつむいており、向かい合って立っている彼は、困った顔で自分の髪の毛をいじっていた。

ケンカかな。それとも別れ話だろうか。

横を通り過ぎたとき、彼女のほうがシクシクと泣いているのがわかった。

わたしはそんなカップルをあとにし、改札を出て、ずんずんと歩いた。さっきまでの楽しかった気分は、もうどこかに消えてしまっていた。

わたしは腹を立てていたのだった。

何に？

さっきシクシクと泣いていたのが、自分ではないことに腹を立てていたのである。

引き返して、泣いていたあの子に言ってやりたかった。

あのね、わたしだって、昔はそういうことしてたんだからね、そうやって泣いている自分だけがドラマの主人公みたいに思っているんでしょうけど、わたしだって人通りの多い道で彼とケンカをして、シクシク泣いて困らせたことがあるんだからね、ラブホテルの間取り図を日記に描いてしまうような、浮かれた恋愛をしていたんだからね。

わたしは込み上げてくる筋違いの腹立たしさを抱えつつ、駅前の自転車置き場にのっしのっしと向かったのだった。

女という
生きもの
04
仕事の打ち合わせの前に
ゴディバ
ときどき、チョコレートを買いに寄ります
いらっしゃいませ〜
プレゼントにしたいんですけど
男性なのでやっぱりビターですかね？
そうですね
じゃ、ビターチョコ2粒をプレゼント用で
かしこまりました
こんにちは〜

これ、
チョコレート
なんですけど
差し入れ
ですぅ
え――
いいん
ですか？
悪いな〜
いえいえ
な〜んてことを
すると、
「オレに気があるん
じゃねーの？」
と思われる可能性も
あるわけですが
しめきりは
大丈夫ですか？
はい
そんなこと、
知ったこっちゃ
ありません
チョコレート屋さんで
「これから男に会いに
行く」と、ほのめかす
瞬間を
楽しんでいる
だけなのです
から……
フッ

05

男と女、逆算したら？

「女は、仕事で死んだりしない」

街で見かけたポスターのコピーを覚えている。まだ会社員をしていた頃だから、20年くらい前だろうか。仕事の帰り、同僚の女の子たちとファッションビルの前を歩いていたときに目にとまった。

女は、仕事で死んだりしない

このコピーを見て、そうなのかと胸をなで下ろした。たくさんの人が行き交う駅前にどーんと張られているポスターである。きっと正しいことが書かれてあるに違いないと思った。それにしても、あれは一体なんのポスターだったんだろう？

コピーといえば、コピーライターの養成講座に通ったことがある。残業のない会社だったので、夕方からの自由時間は毎日たっぷり。習い事は他にもいろいろやった。英会話、油絵、洋裁、料理。一日体験の習い事も多かったので記憶に残っていないものもあるはずだけど、でも、どれも暇つぶしという感覚はなく、いつかなにかの役に立つこともあるだろうという、割合、前向きなものだった。コピーライター講座もその中のひとつである。

講座にはたくさんの人が来ていた。生徒は20代が大半だった。

こんなにコピーライターになりたい人がいるわけ？

見回してびっくりした。ＣＭプランナーとか、コピーライターとか、印刷関係の仕事の人などが交代で講師をやっていて、どんな話を聞いたのかは昔のことで忘れてしまったのだけれど、ひとつだけ覚えていることがある。

ある講師が言った。

「コピーライターになるには三つのことをたくさんやりなさい」

たくさん酒を飲むこと、たくさん女と寝ること、あとひとつは……あれ？　なんだっただろう、覚えていると思ったのに……。要は、いろんな経験をしたほうがいいみたいな話だった。みな、まじめな顔でノートにしたためていた。

講座が終わり、ぼんやり駅に向かって歩いていたら、後ろから声をかけられた。同じ講座を受けているという男性だった。

「よかったら、ちょっとしゃべりませんか？」

おとなしそうな人だった。当時のわたしと同じ24、25歳だろうか。さっきの講師の話で気が動転しているんだなと思った。

コピーライターになるには、もっとオープンな人間になったほうがいいのか？

自問しつつ歩いていたところだったから、わたしは彼の気持ちが想像できたのである。

近くの喫茶店に入り、30分ほど向かい合ってコーヒーを飲んだ。びっくりするくらい会話が弾まなかった。このあと、わたしは急に心配になった。ホテルに誘われたりするのは困る。なにせ「たくさん女と寝ること」である。わたしもそのつもりだと思われているのではないか。どう断れば波風がたたないのか、いろんな断りのコピーを頭の中に並べていた。

コーヒーを飲み終え、割り勘で店を出た。それから地下鉄に乗り、彼は「じゃあ」と言って途中の駅で降りて行った。しゃべったのはそれっきりだった。あの人はコピーを書く仕事についたのだろうか。

男と女。

平均寿命は、２０１１年の発表で、女性が86歳、男性が79歳。女性のほうが7年長生きということになる。ならば、現在43歳のわたしと、現在36歳の男の人は、この先、生きている時間は同じ。

逆算したら「同級生」と呼べるのでは？

この話を36歳の男性にしてみたところ、めちゃくちゃ嫌そうな顔をされた。まぁ、そりゃそうだろう。

少し前に、新聞を読んでいてヒヤリとしたことがある。会社の女性の上司に飲みに誘われる回数が頻繁で困っているという、若い男性からの悩み相談だった。飲みに行っても仕事のグチばかり聞かされ、さらに最近は加齢の話題も加わって……というようなことが書かれてあった。

仕事のグチと同じくらい、女の「加齢」の話ってうんざりするものだったんだ！

そういうわたしも、しょっちゅう加齢の話をしてしまう。きっとこういう女は、年下男子と恋に落ちることが少ないタイプという気がする。

20歳近く年下の男性と結婚をした歌手のニュースをテレビで見て驚いたけれど、テレビの世界だけでなく、うんと年下の男性と付き合っている女の人は、わたしのまわりにも少なからずいる。

あれは一体、どういうしくみなのだろう？　加齢の話題を避ける以外に、秘策のようなものがあるのだろうか。

わたしなどは、うんと年下の男性を目の前にすると、加齢の話題に加え、頼まれもしないのに、ついつい、お母さん役を買って出てしまう。

「これ食べたら？　おいしいよ、ほら、お食べ」

無理矢理ミカンを押しつける勢いである。

うちに来てもらっている税理士も年下の男性なのだけれど、ひょっとしたら、わたしが老後の話ばかりするので、いい加減、うんざりしているのかもしれない。

「歳《とし》をとってわたしが死んでしまったあと、会社だけが残ると本の著作権のことなどで面倒になるかもしれないから、60歳くらいでひとまず事務所をたたもうと思うんだけど、どう思う？」

事務所すら作っていないのに、廃業、いや、死後のことを案じているわたし。

「それは、もう少しあとになってから考えてもいいんじゃないですか」

逆算したら「同級生」の税理士に言われ、そうだなと思うものの、

「あとっていつ？　会社たたむのにお金っていくらかかる？」

などと質問してしまうのだった。

「3億円当たったらどうする？」

宝くじの話題になったとき、必ずといっていいほど出てくる質問である。

わたしの周囲のことなので統計は知らないが、女性陣は、「とりあえず、パーッと贅沢《ぜいたく》な旅行をしたい」と、よく言っている。

わたしもそうだけれど、女の人は旅行が好きなんだなぁと思う。

「どこ行くか決めたんですか？」

連休前の仕事の打ち合わせでは旅の話題に花が咲き、連休明けの打ち合わせは、もはや、お土産《みやげ》交換会である。

もしかしたら、コピーライターになるためにするたくさんのことの三つ目は、「たくさん旅をすること」だったのではないか？

たった一泊の旅だったとしても、昨日のわたしと今日のわたしでは経験量がまったく違う。知らない街の景色、知らない街で耳にする方言、知らない街で食べる夜ご飯。新しい経験から、ふいに浮かぶコピーもあるはず。新しい知識という意味では、「たくさん本を読むこと」だったのかもしれない。

そして、あらためて引っ掛かるのである。

たくさん女と寝ること。

ここは「たくさん恋をすること」でよかった気がする。たとえ、年下男子との恋が前途多難であったとしても！

宝くじの話に戻れば、「とりあえず、パーッと贅沢な旅行をしたい」と言うのが女友達なら、「手頃なマンションを買って、あとはぼーっと暮らす」というようなことを言うのは、たいてい男性陣。

中には、3億円当たっても、普通の顔をして仕事をつづけると言った男性もいた。

「だって、長い人生、なにして暮らすんですか。別にいつ辞めたって生活には困らないと思えば上司にも腹が立たないし、気楽に働けるじゃないですか」

なるほど、と言いかけたら話はまだつづいていた。

「それに、」

「ん？」

「それに、3億円は無理でも2億円くらいなら普通に貯《た》められると思うんですよね」

ええっ、この人、一体、どれくらいお給料もらっているんだろう？

宝くじの使い道なんかより、そっちのほうに興味津々《しんしん》。

「ね、ね、お給料っていくらなんですか？」

軽く、明るく、世間知らずな顔で聞いてみたけど、もちろん教えてはもらえなかった。


昔、調理師だった母が、会社の男子寮のご飯を作るというパートをやっていて、小学校が夏休みになると、よく一緒に寮までついて行った。

社員の人たちが帰ってきたら、すぐに夕食の席につけるよう、寮のダイニングテーブルに人数分の食事を用意しておくのが母の仕事だった。

冷めてもおいしい。簡単に温め直しができる。野菜をたくさん。いくらだって手抜きもできただろうに、母は、毎日、手間のかかる料理を作っていた。

母の仕事は料理だけなのに、料理が終わると、いつもリビングに掃除機をかけ、窓を拭《ふ》き、トイレ掃除もしていた。

「掃除のぶんも、お金もらえるん？」

わたしが聞くと、

「もらえへんよ。でも、きれいなほうが、みんな帰ってきたとき気持ちいいやろ」

わたしは、このときの母のことを、最近、よく考えるのである。

寮のご飯を作っていた母は、いわば、寮母さんである。親元を離れて暮らす青年たちのために、できるだけ栄養のバランスの取れた食事を作ってあげたい。清潔な暮しをおくらせてやりたい。母親のような気持ちもあったんじゃないかと思う。

だけど、「母親のような気持ち」だけでひとまとめにしてしまうのは、ちょっと違う気がするのである。母は、自分なりの働き方をしていた。そういうことではなかったのか。

仕事の内容は違うけれど、わたしもそうありたいと思う。だから、たとえ、宝くじが当たったとしても、一生、漫画は描きつづけたいんだ！　と力説できるほどの画力がないのが残念なのだけれど……しっかりやっていきたい。ただ、倒れるまでというのはやっぱり困る。男も女も、仕事で死んだりしてはいけない。

女という
生きもの
05
仕事の打ち合わせ
ずいぶん若い方も
増えました
そこで
おじさんが
ですね
25歳の人が言う
「おじさん」は
何歳から?
うーん
一応38歳以上と
しておこう
へー
年下男子との
打ち合わせも多く
なりました
じゃあ、
そういう
ことで
了解ー

女性といえば余談ですけど
39歳
43歳
25歳
この前50代くらいの
ああ、若者よ、キミはこのあとなんと言うのだ？
「50代くらいのおばさん」と言うのか？
25歳だしそうなるか
おばあさんがですね
というかおばさんがですね
「というか」ってなに？
別になんともな〜い
あ、そうなんだ〜
と思ったんですがそのあとの会話を覚えてないんです
脳はダメージを受けていたのか

06

すれ違いざまのチッ

友達の結婚式のあと、二次会の会場に向かうために電車に乗った。

ついさっき披露宴が終わったばかり。お酒も入っているし、久しぶりに会う顔もある。しゃべりたい気持ちでいっぱいになっていた女10人。

「ね、この引き出物、なにかなぁ」

「なんだと思う？」

「食器っぽくない？」

「ね、ね、誰か代表で開けてみてよ」

「こっちの箱はバームクーヘンだ！　ここのおいしいんだよね！」

みな40過ぎである。

おそらく、これまでに結構な数の結婚式に出席してきているわけだけれど、こういう会話は何度繰り返しても楽しいもの。楽しいから、ついつい声も大きくなっていたのだと思う。

車内に怒鳴り声が響いたのは、そんなときだった。

「うるさい!!　お前らだけの電車だと思うな!!　バカヤローッ」

顔は見えなかったけれど、声の感じからして50、60代の男性だろうか。

そこそこ混《こ》んでいた車両は、一瞬にしてシーン。

怒鳴られているのは、もちろんわたしたちである。

わたしはこのとき、ほほぅ、と思った。我らのグループは10人もいるのに、ひとりとして謝らなかったからである。かといって、目配せして笑い合ったりもしない。無表情のまま、ただ黙っていた。

怒鳴った男性は、しばらくすると降りて行った。それを確認したあと、わたしたちはちょっと意地になっておしゃべりを再開した。

「ね、シチューにパイ生地がのってるやつ、あれ、おいしくなかった?」

「おいしかった! おいしかった!」

誰もさっきのことには触れなかった。触れないのが、触れていることなのだと思った。

怒鳴らなくてもいいのに。

そういうことはもう言葉にはせず、わたしたちは引き出物の紙袋をぶら下げ二次会へと向かった。当たり前だけど、電車の中で騒がしくするのはよくないことである。

ある夜のこと。

ひとりの青年が、携帯電話で話をしながら電車に乗ってきた。手には缶チューハイ。ちびちびと飲みながら吊《つ》り革につかまっている。わたしは仕事先の男性と食事した帰りで、世間話をしつつ並んで座っていた。青年はすぐ目の前に立っている。

チューハイ、こぼさなきゃいいんだけど。

思っていた矢先に走行中の電車が大きく揺れ、その拍子にわたしのジーンズにチューハイがかかった。手の甲でちょいちょいと拭《ふ》けばたいしたこともなかったのだけれど、超迷惑！　というアピールをするため、「やだ〜っ」などと、あわてふためいてみせた。

「すいません」

青年はすぐに非を認めた。通話中だった携帯電話も切り、素直に謝罪したので、じゃあ、まぁいいかと、

「大丈夫ですよ」

と言ってあげた。しかし彼は、すいませんでした、を繰り返すものだから、

「平気、平気、もういいから気にしないで」

笑顔で彼の顔を見上げた。

なぜか目は合わなかった。彼はハンカチでジーンズを拭いているわたしにではなく、隣に座るわたしの連れの男性に謝っていたのである。

わたしは電車を降りたあと、てくてくと歩きながら思った。あの青年は、わたしだけに謝ればよかったのだ。


JR渋谷駅のハチ公口からちょっと行ったところに、老舗《しにせ》のフルーツパーラーがある。買い物帰りにたまに立ち寄るのだけれど、たいてい注文するのはフルーツサンド。ふかふかの食パンに、しっとりとした生クリーム。果物屋が経営しているお店だから、もちろん果物は新鮮である。

フルーツサンドは三角形にカットされている。よく切れる包丁なのだろう、ピシーッと角がそろって気持ちがいい。大きな白い丸皿に行儀よく並んで運ばれてくる。

「おまたせいたしました」

店員さんに言われると、あら、もうできたの？　ぜんぜん気づかなかったワ、という演技で読んでいた文庫本をぱたりと閉じる。でもわたしの心の中は、ワッショイワッショイと盛り上がっているのだった。フルーツサンドは、そういう気持ちになるデザートである。

この店にはポイントカードがあり、５００円ごとにスタンプを一個押してくれる。フルーツサンドと飲み物のセットだとスタンプがふたつ。コツコツ集めて、スタンプが溜《た》まればまたフルーツサンドを食べている。

仕事の打ち合わせ中に、男性編集者と甘いものを食べることはまずないけれど、女性編集者の場合は、

「デザート頼みません？」

という流れになる場合が多いので、フルーツパーラーはもってこい。

お金は、ほぼ編集者が経費として払ってくれる。なので、わたしのポイントカードにスタンプは押されない。当然である。でも編集者がポイントを溜めている様子もないので、その日のポイントは水の泡……。

「わたしのポイントカードに、スタンプだけもらってもいいですか？」

言いたいけど言えない。お金を払ってもらっている上に、ポイントまでもらおうとしているセコい作家、とは思われたくない。

そんなことを考えつつ、結局、そのままフルーツパーラーをあとにする。過去にみすみす捨ててきたポイントで、一体どれだけのフルーツサンドが食べられたことか！

いつだっただろう。

たぶん、まだ20代だった。出版社に原稿を届けた帰り道、街のサンドイッチ屋にフルーツサンドが並んでいるのを見かけた。あんまりおいしそうだったので、買って歩きながら食べた。

おいしいなぁ。

初夏の風が吹いていた。空は青かった。手にはフルーツサンド。

自由で、幸せな気持ちで歩いているとき、

「チッ、みっともない」

すれ違いざま、知らないおじさんに吐き捨てるように言われた。歩きながら食べるなんてみっともない、ということだろう。

わたしはサッと振り返り、食べかけのフルーツサンドをおじさんの背中に投げつけ、おじさんのスーツに生クリームをべったりと付けた。もちろん妄想の中で、である。道路の向こう側に、ガリガリ君をかじりながら歩いている若いサラリーマンの姿が見えた。

地下鉄の駅の手前でフルーツサンドを食べ終え、わたしは電車に乗った。口の中には、生クリームの甘さが残っていた。

漫画の主人公は、モデルがいるんですか？

インタビューで聞かれることがある。

モデルはいない。描いていたらこういう人になった、という感じである。描いた漫画の中で、自分に一番近いと思うのはどのキャラクターですか？

わたしがインタビュアーだったら、きっとこういう質問をするだろうなぁと思うが、今まで一度も聞かれたことはない。もし聞かれたら「せっちゃん」って答えようと思っている。

せっちゃんは、『週末、森で』という漫画に登場する脇役である。旅行代理店に勤めている女性で、わたしの漫画に出てくる人たちはたいてい地味だけど、その中でもうーんと地味な人。

ある日、せっちゃんは職場の昼休みに、ひとりランチを食べに出た。なにを食べようかな〜、と街を歩いていたら、前方からサラリーマン。ふたりとも避《よ》けようとして、「おっと」「おっと」と同じ方向にからだを傾けた。

すると、その男性は、せっちゃんに「チッ」って言ったのである。チッと言って、去って行った。

せっちゃんは心の中でこう思った。

お互いさまと思って、あたし、「すいません」って言ったのに
どうしてあたしが「チッ」って言われなくちゃなんないんだ
それは、
たぶん、
「チッ」って言ってもいい人間って判断されたから

このあと、せっちゃんは宝くじ売り場に寄り、

「あいつ死ね!!」

と、怨念《おんねん》の数字（4とか9とか）ばかりを並べたロト6を買おうとするのである。

わたしはそんな怖～いロト6は買わないんだけど、でも、そういうせっちゃんの気持ちがわかる。

ついこの前もそう。ものすごく混んだデパ地下で買い物をしていたら、前から歩いて来た男性と避《よ》け合いになり、

「ああっ、邪魔っ！」

って大声で言われたばっかり。

「『週末、森で』のせっちゃんが、あんなことくらいで逆上する意味がわからない」

首をかしげていた男性編集者がいたけれど、もしかしたら、せっちゃん、立てつづけにそういうことがあって虫の居所が悪かったのかもしれない。

ひとり旅に出る前に、品川駅の売店で新聞を買っていたら、離れたところから女の人の怒った声が聞こえた。

ちょうど朝の通勤ラッシュ。人の波は勢いよく流れている。声がしたほうをよーく見ていたら、その女性を発見。30代半ばくらいだろうか。同じ年頃のサラリーマンと並行して歩きつつ、カンカンに怒っていた。どうやら、すれ違いざまに何か言われたようである。

「わたしは、見ず知らずの人にそんなことを言われる筋合いはない！　なんであなたにそんなこと言われなくちゃならないのよ！」

男性は、めんどくせぇなぁ、という渋い顔で無視している。彼女はまったくひるまない。

「答えなさいよ！　人のことバカにしてんじゃないわよ！」

まるで激しい社交ダンスをしているように、ふたりは品川駅構内を突進している。

やがて彼女はくるっと向きを変え、反対方向に去って行った。言いたいことは言った、という背中だった。買った新聞を手に、わたしはそれをぼんやりと見ていた。そして我にかえる。

新幹線に乗り遅れる！

わたしは小走りで改札へと向かったのだった。

女という生きもの 06
男性編集者との打ち合わせで
こんにちは
旅行のお土産《みやげ》を手渡すと
青森のお土産です!
え、いいんですか
お礼を言われます
ありがとうございます
そして旅の話題に……
青森はどのあたりに行ったんですか
女性編集者の場合はちょっと違います
こんにちは
青森のお土産です!
え、いいんですか
あ、リンゴキャラメル嬉《うれ》しいありがとうございます〜

パッケージ、めちゃくちゃかわいいですね！
ちょっとあけてみよ〜
ガサッ
あーん
かわいい！
いいにおい
なんか懐かしい感じがする
うん
うん
あ、わかる
修学旅行のお土産みたいですよね
おいしそう！
会社戻って仕事しながら食べます〜
お土産そのものに対しての会話も用意されているのでした
青森はどのあたりに行ったんですか
子ども時代からつちかわれてきた我々の社交術なのかも
フッ

07

人間型ロボット

女友達とハワイ旅行したとき、街の絵描きさんに似顔絵を描いてもらったことがある。20代の最初だった。

顔をうんと大きくデフォルメした楽しげな絵。ビキニ姿のわたしがサーフィンをしているシーンだったが、もちろん想像上である。

わぁ、おもしろい！　いい記念になる！

仕上がったと思った絵を見て喜んでいたところ、絵描きのおじさん、似顔絵に、ピッピピッピッとそばかすを入れ始めたのだった。しかも、何度も何度もわたしの顔を確認しつつ、正確に頰《ほお》のあたりにピッピピッピッ。

サーフィンをするわたし。ビキニを着るわたし。おまけに巨乳のわたし。そんな架空の世界の中に、突然、本物のそばかすである。サービスの基準がまったくわからない……。「サンキュー」とお金を払って絵を受け取ったものの、わたしの心は虚《うつ》ろだった。

夜のテレビニュースで、人間そっくりのロボットを見た。しゃべる口元や眼球の動きなど、もう、人間と見分けがつかないくらい。

今、わたしにそっくりのロボットを作ってもらったとしたら、「ピッピッピッ」どころじゃなく、顎《あご》の下の「たるんたるん」まで精密に作られて根に持ってしまいそうである。

どこかの大学教授が開発中とかで、試しに女性型のロボットをデパートの受付に座らせてみた、と紹介されていた。しばらくして、ニュースは次の話題へと切り替わった。

ロボットを置いてみたのはデパートの受付だった。人がたくさん出入りする場所なら他にもある。コンビニのレジ、スポーツクラブの受付、駅の案内所。選んだのは、デパートの受付嬢だった。

そうだった、女性の看護師でも試したそうだ。ナースになったロボットが患者に笑いかける試みだったという。効果は聞きそびれた。

「次にロボットが試してみる人間の女性の職業はなんなのでしょうね？」

ニュースキャスターは、そんなことは口にはしなかった。

リカちゃん人形で遊んでいた世代である。近所の女の子たちも、たいていひとつは持っていて、

「あら、こんにちは、どこ行くの？」

「あたし？　あたしはちょっとお買い物よ」

声色を変え、普段の関西弁までねじ伏せて、リカちゃん人形を動かしていた。

リカちゃんにはボーイフレンドがいて、確か、わたる君とかそういう名前だった。

わたる君人形を持っている子もいた。わたる君はリカちゃんの付属扱いだから、それだけを持参して遊びの輪に入ることはあり得なかった。

とはいえ、わたる君はとても重要な役割だったのである。わたる君を買ってもらった子はほとんどいなかったので、そんな希少な「彼」が加わったとき、リカちゃんごっこの雰囲気ががらりと変わった。みな、わたる君とかかわり合いたいのだ。だから、わたる君はいつだって大忙し。何体ものリカちゃんにまとわりつかれ、あっちこっち連れ回される。

人形用の自転車に強引に乗せられることもあった。当然のように、リカちゃんは後

ろに座る役で、

「ほら、あそこにお花畑があるわ、行ってみましょうよ！」

行き先を決めるのも彼女だった。

リカちゃんとセットでわたる君を買わされていた親の気持ちとは、どういうものだったんだろう？　自分の娘が、わたる君を使ってどのように遊ぶのか気にならなかったのだろうか。

わたる君人形は、寡黙に自転車を漕《こ》ぎ、ときに犬のぬいぐるみと戦わされ、重たいものを持たされていた。わたる君のお願いを聞いてあげている「リカちゃん」の記憶がないのである。

そのとき、わたしは重たいものを持ち上げ、棚にのせたのだった。陶器の植木鉢かなにかだったと思う。重たいといっても30キロ、40キロのものではない。せいぜい10キロ。小さな子どもがいるお母さんたちなら、日々、格闘している重さである。

男の人と一緒だったので、頼めば代わりにやってもらえたのだ。でも、試したらできた。できなかったらやってもらっていた。それだけのことである。

「力持ちですね」

褒《ほ》められたと思い、

「はい、わたし、力持ちなんですよ！」

おどけてガッツポーズ。

ところが後日、酒の席で男性は笑いながらこう助言してくれたのである。

「ああいうときは、持てないって言ったほうが女子力があがりますよ」

うん、知ってる。さんざん知ってる。女友達がその手のパターンを悪用しているところを何度も目撃してきたし、わたしだって彼女たちに目撃されているはず。できることもできないと言ってみせるのが生身の人間。いくら精巧でも、ロボットたちにはわかるまい。

わたしはあのとき、できない、持てない、やってください、と言わなかったわたしのことを、「いいな」と思ってくれる男の人ならいいなぁと、ほんの少し思っていたのである。

たまに、真剣に考えるのである。歳《とし》をとって、頼る人もなくてひとりぼっちになっていたとする。

そのとき、超・高性能の人間型ロボットが安価で手に入る時代だとしたら？

わたしは買う、と思う。身の回りのことを手伝ってもらったり、話し相手になってもらったり。曲名を入力すると歌い出す機能などがあれば、なぐさめられもするだろう。

問題は、ロボットのデザインを「男」にするのか「女」にするのかである。機械だから同性でも異性でもないはずなのに、どっちでもいいや、という気分にはなれない。同じ屋根の下で四六時中一緒にいるのだから、見た目も大切である。

せっかくだし、イケメンロボットにする？

「わたる君、おはよう、今日も素敵ね！」

幼き日の、リカちゃんごっこのリアルバージョンである。

それとも、女友達風ロボットのほうが気楽だろうか。わたしはどちらのロボットを選ぶのだろう。

もしかしたら、自分ばっかり歳をとるのはおもしろくなーい、なんて言って、人間型ではなく、四角いブリキのロボットを選ぶのかもしれない。

女という
生きもの
07
ロボットか〜
女子に役立つロボットってどんなだろ
たとえば〜
うーん
「恋のアドバイス」ロボットってどうだろ
オヨビデスカ ゴシュジンサマ
あ、うん あのさ、ちょっと相談〜
気になってる男がいるんだけど（フィクション）どうすればいいかな?
ハハッ

シツモンガ アバウトスギテ
ケンサク デキマセン
あ、そっか だよね、じゃあ何から 始めれば いいのかな
ドンナオトコヲ ネラッテマスカ
う――ん 感じがよくて さわやかで シャイかな
ゴールヲ セッテイシテ クダサイ
セックスデスカ ケッコンデスカ
いや、あの そういう あからさまな ゴールじゃ なくて なんてゆーか
どうにもならなくていいんだけど、ほのかに好きな気持ちを共有する、みたいな？
イッテルイミガ ワカリマセン
だよね、やっぱいいわ
くるっ

08

バナナの教え

お金持ちの男の子たちとバーベキューをしたことがある。二十歳《はたち》そこそこの頃だっただろうか。

何台かの高級車に分かれ、ドライブを楽しみつつ河原《かわら》に向かった。窓から入ってくる初夏のさわやかな空気。まだ携帯電話がなかった時代なので、ドライバーの男の子たちはトランシーバー（！）で連絡を取りつつ、追いこしたり追い抜かれたりと大騒ぎ。

わたしは有頂天になっていた。だって、なにもかも華やか。別荘から持ち出してきたという組み立て式のテーブルやチェアなどをばんばん並べるわたしたちは、近くでバーベキューをしているどのグループより目立っていた。

バーベキューの準備をするのは男子。河原の石を運んで台を作り、炭に火をおこす。川に飲み物を冷やしに行ったり、網や鉄板にお肉や野菜を並べたりして、かいがいしく動き回る。

「女の子たちはのんびりしとき」

まるでお姫さまみたいな扱いである。

男の子たちは優しかったし、愉快だった。会費制にしてあったので、わたしたち女子もお金を払っていたのだけれど、彼らのほうが多く出していたに違いない。買ってきてくれたお肉も高級そうだった。

バーベキューが済むと、男の子たちは河原でのんびりと昼寝を始めた。釣りに出かける子たちもいた。

後片付けは女の子の係だった。鉄板や網を洗い場まで運んで洗ったり、食べ残しを袋につめ、カンやびんを仕分けして捨てに行った。

ちゃっちゃっと働き、でしゃばらない。来ていたのはそんな女の子たちばかり。彼らと知り合いだったわたしの女友達も、彼女に誘われたわたしもそうだった。誰も文句は言わなかった。また次も誘われたかった気持ち。お金を多く払ってもらっているという気持ち。せっかくの楽しい雰囲気を壊したくなかった気持ち。たぶん、いろいろ。

バーベキューって、準備をする段階が一番楽しいんだなぁ。

油でぎとぎとになった鉄板をタワシでこすりながら、わたしはぼんやりとそんなことを考えていた。

縁談の話が過去に二、三度あった。

年頃になると、ドラマみたいなことが本当にあるんだなと、わたしは他人事《ひとごと》のように感心してしまった。

そういえば、高校生の頃、レストランで配膳のアルバイトをしていたことがあり、ときどきその店でお見合いが行なわれていた。レストランといっても、店の造りはファミレスみたいな感じだったし、バイトたちの間では「なにもこんなとこで……」と冷めた感じだったのだけれど、仲人さんをはじめ、当人たちはいたってまじめ。食後に、「あとは若い方たちで」みたいになると、ふたりはデザートのアイスクリームなんかを食べつつもじもじしていた。どんな話をしているのか知りたくて、わたしは何度も水のおかわりを入れに行ったものだった。

わたしの縁談の話は、どれも進まなかった。まだまだ20代で若かったし、ちょうど付き合っている人もいた。どの人にも会うことはなかった。そういう話があった、というだけ。ひとつ覚えているのは、縁談の相手のひとりが、結婚相手に対して出していた条件である。

夕飯は、必ず家族全員で食べたい。

それさえ守ってくれれば、あとはなんにもないのだという。

家族そろってのにぎやかな夕飯。みんなでご飯を食べるのは、きっと楽しいだろう。なのに、わたしはそれを聞いた瞬間、なんだかゾッとしたのである。守ってくれれば？


習い事は好きなほうである。新聞のチラシにカルチャースクールの案内が交じっていると、隅々まで目を通してしまう。

いろんな講座がある。見たことも聞いたこともない楽器の講座、石鹸《せっけん》を花の形にカットする講座、パントマイム教室、野鳥の観察、マジック入門、などなど。紹介を見ているだけでも、ほほぅ、とおもしろい。

気が向けば実際に申し込むこともあるのだけれど、行くのはたいてい短期の講座。受講生と顔馴染《かおなじ》みになるのが面倒くさいのである。昔、ある習い事で苦い思いをしたことが引っ掛かっているのだ。イヤ〜なおばさんたちがいて、面倒なことはやんないくせに文句だけは一人前。なんて底意地の悪い人たちなんだろう！　と気が滅入った。今でも思い出すと憎々しい。

それより少し前に、別のある習い事をしていたとき。

お稽古仲間の女性たちと仲良くしていた時期がある。年齢も職業も生活環境もバラバラの習い事での人間関係は、うまくいかないときは本当にうまくいかないけど、反面、そこそこうまくいけば「すごく楽しい」になる。

ね、忘年会でもしましょうよ！

そんな流れになり、次のお稽古のあと、みんなで居酒屋に行くことになった。

女ばかり5、6人。気が合う同士の楽しいひととき。だけど、みんなの携帯電話は常にテーブルの上に置かれたまんま。心の半分は家の方角を向いているのである。わたし以外は既婚者で、子どもはいたりいなかったり。夜に出てくるの、大変だったわよ〜って話題になり、9時を過ぎた頃にひとりの女性の携帯が鳴った。電話は夫から。大学生の子どもがいる人だった。

「ご飯の用意もしてきたんだけどねぇ、ホント、うるさいから」

焼酎をぐいっと飲み干し、じゃ、わたしはそろそろ失礼します、と彼女は笑顔で帰って行った。他の人たちは「うちは今日は大丈夫。先週から言ってあったし」。わたしは、先週から？　って思った。思っただけで口には出さなかった。

小学校の給食のデザートに、バナナがまるのまま一本出ることがあった。家で食べるバナナより、学校で食べるバナナのほうがうーんとおいしく感じたものだった。

この給食のバナナ。あるときからスプーンを使って食べるのがクラスの女子の間でブームになった。

普通、バナナというものは、ペロリペロリと皮をむいてかぶりつき、またペロリペロリと皮をむく。それが手っ取り早くて簡単な食べ方である。

スプーンを使う場合は、まず、バナナの皮を一列だけ最後までむききる。そのむいた面を上にして机に置き、端からスプーンで一口ずつ切り分けて食べることになる。手間がかかるので、男子たちはそんなブームには乗ってこない。とっとと食べ終えて、昼休みの運動場の場所取りである。女の子たちだけが、まるで高級メロンでも食べるように、スプーンで優雅にバナナを食べていた。

偶然だけど、最初にスプーンを使ってバナナを食べ始めた女の子の近くにわたしは座っていた。

どうしてそんな食べ方をするの？

不思議に思って理由を聞いた。彼女は言った。

「女の子はバナナにかぶりついて食べたらアカンって、お母さんが言ってた」

わたしは、お母さんが言うんだったら正しいんだろうと納得し、すぐに真似《まね》をした。新しいバナナの食べ方は、ちょっと楽しかった。

女の子はバナナにかぶりついて食べたらアカン。

あの子のお母さんは、おそらく、いろんなことを考えた上で愛娘《まなむすめ》のために助言したのだろう。なかなか生々しい助言である。気になるのは、あの子が、いつ、お母さんの「バナナの教え」についてハッとしたのかというところ。想像すると笑えてくる。

もうっ、お母さんったら、子どもにあんなこと言って……。

大人になって、やれやれと思ったのだろうか。もしかしたら、彼女もまた、自分の娘にそう教えているのかもしれない。

結婚してはじめて作る晩ご飯はなんにする?

中学生のとき、よく女友達と話したテーマである。考えるだけで楽しかった。ひとりの子が「スパゲティにする」と言い、わたしは心の中で「スパゲティって、料理?」と思った。当時、茹《ゆ》でたスパゲティにふりかけみたいなのを混ぜるだけ、みたいなインスタント食品が流行《はや》っていたので、てっきりそれのことと勘違いしたのである。

長い結婚生活の記念すべき初日なんだから、もっと手の込んだ料理がいいな。

「コロッケにする」とわたしは言っていたような気がする。

わたしたちは他にも、プロポーズされる場所とか、ウェディングドレスのデザインをキャッキャッと語り合った。そして、子どもは3年くらい離してふたり目を産むほうが経済的によいとか、夏は暑いから秋に産むほうがからだには楽、などと知ったかぶって話した。なんでもわかっているつもりになっていた。

だけど、あの頃のわたしたちは、なんにも知らなかったのである。

本格イタリアンのお店で食べるおいしいパスタを知らなかった。結婚しない生き方を知らなかった。女の子がバナナにかぶりついてはいけないと言った大人の真意も知らなかった。焼きバナナにアイスクリームを添えるデザートがあることも知らなかった。大人になってから、いろんなことにびっくりするのである。

女という生きもの 08
男性編集者と居酒屋へ
おつかれさまでーす
ぐびぐび
うまいっ
ふふっ
あっ、ビールついだほうがいいですか？
いいです、いいです自分でやりますから
と、一応、「いいです」って最初に言ってもらい
トクトク
本当に自分でやってもらいます
ぐびっ

わたしはあんまり飲めないし、お酒を飲む人のペースもわからないのでちょうどいいです
おまたせしました〜
わーんおいしそ〜
あっ、サラダ取りましょうか？
いいです、いいです自分でやりますから
またまた、一応そう言ってもらい
そお？
本当になんにもしません
じゃ、わたし自分の取っちゃお♡
エヘヘ
おいしーい
もぐもぐ
ぐびぐび

09

命のいとなみ

無印良品の女性用の下着コーナーで、すごいものを発見してしまった。ショーツとはらまきが一体化した商品である。その名も「ぬくもりはらまきショーツ」。

店頭で手に取り、しばらく買おうかどうしようか迷っていた。というより、心は最初から「買う」のほうに傾いていたのであるが、最後の最後にわたしを躊躇《ちゅうちょ》させていたのは、自分の中の若者の部分である。

ショーツとはらまきの合体。理屈はそうなのであるが、見た目は単なる長〜いパンツである。

子どもの頃、銭湯の脱衣場で見たおばちゃんたちのでっかいパンツ。どうしてあんなに大きなのをはくんだろうとおかしかった。歳《とし》を重ねてみれば、おかしくもなんともない。お腹《なか》もお尻も冷えるのである。

ぬくもりはらまきショーツ、1550円、Lサイズ。こんな暖かそうなものに手を出してしまったら、もう通常のへそ下ショーツとは永遠のお別れになってしまいそう……。心配になりつつも、試しに買ってみるかとレジへと向かった。「試し」なら買うのは一個のはず。なのに、わたしは最初からふたつ。次の日には、さらに追加でふたつ買ってしまったのだった。

女性用のショーツといえば、生理用の「サニタリーショーツ」というものがある。初潮がきたとき、はじめて母に教えられた。

こんなものがあったんだ、知らなかった！

でも照れくさくて、わざと興味のない顔をつくっていた。

「お母さんも持ってるんやで」

母が自分のサニタリーショーツをタンスから出して見せてくれたときの情景を、今でもよく覚えている。カーテンごしに夕日が射していた。小さなタンスの前で母は正座をしており、わたしはその隣で、弱々しい小鹿のように立っていた。母に新品のサニタリーショーツを渡され、ナプキンの付け方を教わったのである。母が「そのとき」のために、わたしのサニタリーショーツを買い置いてくれていたことに気づくのは、ずーっとあとになってからだった。

初潮は小学校の5年生のときだったので、たぶん、クラスのみんなよりちょっと早かった。授業でも習っていたし、自分に生理がきたことは受け止められたのだけれど、でも、友達の誰にも言わなかった。あれこれ聞かれて、それが男子の耳にでも入ったらと思うと恥ずかしくてたまらなかった。

学校に行っても、そしらぬ顔でやりすごした。母親に教えてもらったナプキンの替え方。学校にいる間は、バレるのが嫌で交換しなかった。いつも通り走り回ったり、ゴムとびをしたり。男子たちは生理のことなどおかまいなしに、ドッジボールでは平気でお腹を狙ってくる。

もうっ、男子ってなんにもわかってない！

急に彼らのことを子どもっぽく感じたのだった。

「わかっているトイレ」と「わかっていないトイレ」というものがある。

「わかっていないトイレ」は、便座に座ったときにトイレットペーパーの周辺に小物を置くスペースがまったくないのである。生理のときは、ナプキンを置いたりまるめたりと、いろいろとしなければならないことがあるというのに、な〜んにも置くスペースがない。家のトイレならどうとでもできるけれど、出先のトイレでは、コートを着たままだったり、荷物が邪魔になったりと、狭い個室内でこちょこちょするのは面倒くさい。小物置きは、思いのほか便利なのだった。

「わかっていないトイレ」に出くわすと、ああ、きっとこれは、男の人たちだけで考えたトイレまわりなんだろうなぁ、ひとりでも女性をスタッフに入れていれば「わかっているトイレ」になったのになぁ。

そんなことを考えつつ利用しているのだった。

もしかしたら、逆のこともあったりして？

ひとこと僕たちの意見を聞いてくれていれば、ここ、もっと使いやすかったのに……。

街の中には、そういう部分もあるのかもしれない。

ああっ、女子ってなんにもわかってない！

小学校時代の男の子たちも、生理中のわたしみたいに、なにかにモヤモヤしていたのだろうか。

初潮がきたちょうどその頃だっただろうか。理科の授業でフナの解剖をすることになった。

生きたフナをトレイにのせ、刃物を使ってそーっとお腹を開き、心臓が動いている様子を見ようというのである。

事前に魚のからだのしくみの勉強をして、実験の手順も習い、いよいよ解剖という日。朝からみんな落ち着かなかった。

理科室に入ると、班に分かれて解剖が始まった。5人に一匹、フナが用意されていた。誰がフナのお腹に刃を入れるのか。班で話し合って決めなければならないのだけれど、どの班もやるのは男の子たちだった。わたしもそうだけど、女子はみな後ろに下がって「かわいそう！」とキャーキャー言うばっかり。

「いい加減にしなさいっ」

先生に叱られて、ようやく実験台に近づいた。本当はちょっと見てみたかったのだ。魚の心臓が動いているところ。

生きものが「生きている」って、どういうことなんだろう？

怖かったけれど、知りたかった。だけど、女の子はキャーキャー言うほうがかわいいって思っていたから、示し合わせたみたいにわたしたちはメスを握らなかった。

今になって思うのである。あのとき、先頭に立って解剖の実験をしてみたかった女の子だっていたんじゃないか。あのとき、解剖の実験をしたくなかった男の子だっていたんじゃないか。それぞれの役割の中で、わたしたちは小学生をしていたのである。

解剖の授業が終わってホームルームの時間になった。なのに、一部の男子がなかなか教室に戻って来ない。いつもカナブンに糸を巻き付けて飛ばしているような、わんぱくな男の子のグループだった。一体、どこで遊びほうけているんだろう？

彼らは遊んでいたわけじゃなかった。解剖で死なせてしまったフナのためのお墓を作っていたのだ。先生に言われ焼却するところに捨てに行ったのだけれど、捨てずに校庭の隅に埋めてあげたのだという。さっきまで、「かわいそう！」って騒いでいた自分のことが恥ずかしかった。その後、クラス全員でフナのお墓にお花を供えに行ったのだった。


命ってなんだろうね？

小学校の授業で問いかけられたことを、大人になった今も、はたと考える。

わたしも歳をとり、いつかは死んでしまう。42歳をまだ若いと思っているのは42歳以上の人たちだけで、子どもからすれば、わたしが今死んでも早死とは認めてくれないのだろう。なにせ、「ぬくもりはらまきショーツ」のおばさんである。

おそらく、そう遠くないところに更年期障害が待ち受けているはずである。気分が沈むとか、わけもなく泣けてくるとか、ホットフラッシュとか。情報はちらほら耳に入ってきて、自分の更年期はどんなバージョンでやって来るのだろうと不安でもある。初潮を迎えたときの心細さには、母が先輩として寄り添ってくれた。これから先は、近くにいる女友達と情報を交換しつつ、乗り越えていくのかもしれない。

「生理が終わったら、もう女じゃなくなるみたいな気持ちになった」

なにかの雑誌で閉経についてそんなふうに語っている女性たちがいた。

ええっ、と驚いた。

わたしもそんな気持ちになるのかなぁ。

いくら考えてみても、ならない気がした。

閉経後、女が女でなくなるのなら、一体、なにになるのだ？

生理がきたとき、11歳のわたしは「女になった」とは感じなかった。そこにあったのは事実だけだった。

フッ

女という
生きもの
09
もう
友達と会って
久しぶり〜
しなくなったなぁ
「恋」の話
今はやっぱり
「からだ」の話
そういえばさ
最近、バッグをリュックサックに替えたら、腰の調子がよくて

わかる、重たいバッグ片方にかけるのつらいよね
わたしは荷物を分散するようになった
年配の人たちが手さげをいくつも持ってる意味がやっとわかったよ
ハハハ
ホント、ムリはよくないよねぇ
オシャレも大事だけど
やっぱりからだなんだよね
今日はリュックじゃないから重いんだけど
ハハ
わっそのバッグかわいい～
「マリメッコ」
エヘ
やっぱり？そうかな～って思ったかわいい！
そして、ちょっとキャピキャピもします
キャピキャピ

10

昔、美人

美人を目で追うようになったのは40歳を過ぎてからである。それまでだって、街できれいな人とすれ違えば、「きれいな人だなぁ」と思うことはあったけれど、最近は、ついつい二度見してしまう。正確に言うと、若い美人である。

若い美人。

彼女たちに、怖いものなんてあるのだろうか？

街を歩けば二度見され、どこに行ってもちやほやされ、場合によってはありがたがられる。いいなあ、いいなあ、若い美人。妬《ねた》ましい気持ちがないといえば嘘だけど、それより、彼女たちが、日々、味わっているであろう優越感を想像して楽しんでいる。テレビドラマを見ているような、そんな感覚だろうか。

ちょっとしたプロジェクトがあって、わたし以外、全員男の人たちで仕事が進んでいたときのことである。

せっかくだし、わたしの知り合いにも仕事がまわればいいなと思い、適任がいたので推薦してみた。しかし、みな、それぞれの取引先があるようで難色を示すのだった。

ふと、言ってみた。

「美人ですよ」

風向きが一瞬で変わり、まぁ、別にメンバーは確定してるわけじゃないしね、みたいな空気になったので、もう一押し。

「彼女も喜ぶと思います」

喜んでいる美人の顔が浮かんだのか、その後、話はトントンと進んだ。「美人」という言葉の強さに感心したものの、ちょっと言いすぎただろうか？　美人だけど若くはないし……。でも、まぁ、いいや、知ったこっちゃない。そもそも、きちんと仕事ができる人なら誰だっていいのである。


自分の顔を一番見ていたのは高校生の頃だと思う。学校でも、家に帰ってからでも、暇さえあればミッキーマウスの手鏡をのぞいていた。かわいくなりたいなぁ〜と眺めていたのである。

43年間生きてきた中で、最も「美人」でいたかった時代は？

という質問など、たぶん誰もしないと思うけれど、もしされたとしたら間髪容《い》れず「高校時代！」と答えたい。

狭い校舎の中。かわいい子が歩くだけで、廊下がふわっと明るくなったような気がした。実際、男女問わず、無意識に道を譲りたくなるくらいのパワーを、かわいい子たちは持っていた。この先大人になって、お化粧したり、きれいな服を着たりすれば、もっともっと美人になるんだろう。そう思うと、そのぶんもふくめて輝いて見えたに違いない。

「死んでいるときの顔を見られたくない」

高校の教室でそう発言したのは、わたしと同様、並の顔の同級生だった。

休み時間、ダラダラとおしゃべりしているときに、なんの流れだったのか彼女が言い、グループ全員が「わかる」とうなずいた。

もし、今、自分が死んでしまったとして、お葬式で死に顔を友達に見られたくないと彼女は言ったのだ。理由はズバリ、恥ずかしいから、である。

少しでもかわいく見えるように気をつけているときの自分だけが、友達に見られてもいい自分だった。それ以外は、見せたくないのである。

びっくりするくらい自意識が高かったあの頃。死んでいる自分の顔が恥ずかしいという不思議な感覚。でも、今だって、やっぱりちょっと恥ずかしいのである。恥ずかしいもなにもないということは頭ではわかっているけれど、死んだ顔でも、できうる限りきれいに見せたいのである。

同年代の友達と久しぶりに会うと、鏡で自分の顔をのぞくように、彼女たちの老化を探してしまう。

年齢は首に出るという人もいれば、手の甲という人もいる。目尻、ほうれい線、肌のハリなどなど、チェックポイントは盛りだくさん。

わたしはというと、自分の目尻のシワがまだ目立たないせいか、友達の目尻のシワに、つい目がいき、「老けてきたなぁ」と思うことがあるのだけれど、彼女たちは彼女たちで、わたしのこめかみあたりのシミを見て、「あーあー」とため息をついているのかもしれない。

シミといえば、最近、頻繁に見かけるようになったのが、ものすごいUVサンバイザーである。ひさしの部分がめちゃくちゃ長く、顔をすっぽり覆うようになっている。絶対に日焼けしたくない、シミを増やしたくないという強い気持ちが前面に出ている商品である。

はじめて遭遇したときは、本当に驚いた。

前方から自転車でやって来る女性が、真っ黒なビニール袋を頭から被《かぶ》っているみたいに見えたのである。ちょっと普通じゃない感じ。テレビで芸人が「ダース・ベイダー」と表現していた。

こんなダサいものを被って、よくもまぁ、街中に出られるものだ。

わたしは信じられなかった。「美」のために紫外線予防をしているはずなのに、おかしなサンバイザーで自転車に乗っていては「美」から遠く離れているではないか。

しかし、巨大サンバイザー数が増えてくるにつれて、いいなぁ、ちょっと欲しいかも……と思い始めているのである。もう移動中の姿は人生にカウントしなくてもいいような気になっている。友達みんなが、ダース・ベイダー調の黒いサンバイザーで待ち合わせ場所にやって来るところを想像すると、それはそれでなかなか迫力があっていいのかもしれない。

友達と芝居を見る約束があり、待ち合わせの前に劇場のそばの帝国ホテルで、ひとりでパンケーキを食べようと思ったのだった。

近頃、パンケーキがちょっとしたブームのようで、雑誌などでもよく特集されている。わたしは、以前からパンケーキが好物なので、新しい情報は大歓迎。わざわざ出かけて行ってでも食べたいと思う。

帝国ホテルのパンケーキといえば、超がつくほどのロングセラーである。１９５３年にはじめて登場したとかで、かれこれ60年の歴史があるそうな。門外不出のレシピで焼くというそのパンケーキ。一度だけ食べたことがあったのだけれど、ずいぶん前のことである。

芝居は夕方の5時から。3時過ぎには帝国ホテルに到着し、一階のレストラン『パークサイドダイナー』へ。

パンケーキが運ばれてくるときのわくわく感は、他のケーキとはちょっと違う気がする。溶け出すバターとメイプルシロップ。温かいうちに味わいたい気持ちが先走り、テーブルにお皿を置かれると前のめりになって食べ始めた。パンケーキらしいパンケーキで、ふんわりおいしかった。

パンケーキを満喫し、帝国ホテルのトイレで化粧直しをしていたら、年配の着物姿の人と一緒になる。渋い茶色の夏の着物で、絽《ろ》の帯を締めている。とてもお似合いだった。

どうしようかなぁと、ちょっと迷ったが声をかけた。

「素敵ですね！」

70歳くらいの人だっただろうか。パッと笑顔になり、

「暑いけどねぇ、そう見えないようにがんばって着てるの」

わたしも着付けを習ったことがあるので、夏の着物の暑さはわかっているつもり。いくら麻の襦袢《じゅばん》にしたところで、熱がこもって暑いのなんの。夏の着物の女性に「暑くないんですか？」と聞くことほど失礼なことはなく、反対に「涼しそう」というのが褒《ほ》め言葉になる。

わたしは言った。

「そんなふうに見えません、すごく涼しそう！　帯も素敵です」

「どうもありがと。洋服にしようか迷ったんだけど、歳《とし》をとるとねぇ、ホテルなんかでご飯のときは着物がちょうどいいの。洋服だと淋《さび》しく見えちゃうから」

さようなら、とわたしたちは笑顔で別れた。声をかけてよかったと思った。素敵だなと思った気持ちに嘘はなかったが、わたしに素敵って言われたことで、あの人がいい気分になってくれたとしたら嬉《うれ》しい。わたしはこういうときの自分を好きだった。がんばってオシャレをしても、おばあさんになれば街中の男性陣は見向きもしない。ちやほやされるのは若い子ばっかり。

わたしは男性陣にはなれないけれど、世間の代表になったような心意気だった。きれいだなぁと思った人がいることを伝えたかった。

いやいや、それだけじゃない。いつかわたしも、デパートの化粧室かなんかで、年下の子に「素敵ですね！」って言われて、ちょっといい気分になりたいのである。わたしは、自分の未来のほうを見ていたのかもしれない。

化粧直しを終えて劇場に向かった。蒸し暑い夏の夕暮れ。まだまだ太陽はギラついている。入り口で友達ふたりと合流するが、もちろん、誰もサンバイザーはつけていなかった。

　昔、美人だった人は不幸である。みたいな言葉をなにかで読んだ気がして、本棚を引っ掻《か》き回してみたのだけれど、見当たらなかった。

　かわいい、きれいだと言われつづけた人も、やがては老い、そんなことはなかったみたいな日がくる。そのぶん、落差も大きいのだろう。

　たまに、いつまでも「あの頃」のままのつもりでいる40代の昔美人に遭遇する。バーで声をかけられたとか、20代に間違われたとか。やれやれと思う。でも、それを小バカにした顔で聞き流している若者を見ると腹が立ってくるのだった。

　あのね、この人は、あんたたちの歳のときはモテてモテて仕方がなかったはずなんだからね。ましてや、高校時代などは、ピラミッドの頂点に君臨《くんりん》していたお方に違いないのだよ！

　心の中で援護したくなっている。

　一体、なんのための援護なのだろう？　わからない。もしかしたら、「美人」も才能のひとつで、才能というものが人それぞれに与えられているのだとしたら、わたしが「美人」の才能にめぐまれなかったとしても、たいした不公平ではないよね！ なんてふうに、本当は自分のことを援護しているのかもしれない。

ふむふむ

女という
生きもの
10
最近になって思うんです
若い美人と
ふふっ
普通の若い子
もう、どっちもかわいいんですよね
血管の浮き出ていない、つるんとした手の甲とか
つるん
ガビガビになってないかかととか
つるん
髪の分け目から見える頭皮の白さとか
しろい

パーツパーツがきれいだから
全体的に美しいというか?
歳をとるにつれ、失われたものが輝いて見えるんですネ
そう思って振り返ってみれば
くる,
わたしオジサンにやたらモテたなあ
20代のわたし→
ミリちゃんご飯行こ
わーい
オジサンたちから見れば、
「この子も美人でいいか」みたいな感じだったんでしょう
ハハハハ

11

昔、男前

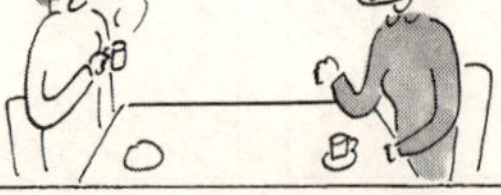

仕事でチェコへ。

首都プラハにはいろんな国からの観光客が訪れており、古い石畳の街はどこを切り取っても絵になるせいか、立ち止まって写真を撮る人々であふれていた。

添乗員を先頭にして歩く団体の観光客。単位で見れば夫婦がほとんど。夏休みも終わった10月初旬だったこともあり、定年後にのんびり旅行を楽しんでいる世代である。

見ていると、カメラをかまえているのはたいてい夫のほう。妻は、夫に指定された場所に立ってにっこりと微笑《ほほえ》んでいる。中には、あれこれとポーズに細かい注文をつけている夫もいて、ベンチに腰掛けた（掛けさせられた）妻は、頰《ほお》に手をあてて遠くの空を見上げていた。どちらにしても幸せそうな顔である。

そんな仲むつまじい老夫婦たち。妻の写真を撮る夫の目には、彼女はどんなふうに映っているのだろう？　わたしが見ているより、年老いて見えないのかもしれない。彼女の夫は、20代、30代の彼女の姿を知っていて、毎日、少しずつ一緒に年齢を重ねてきているのである。レンズの向こうで微笑んでいるのは、エミリーとか、ダイアナという名のひとりの「人」で、そこに（おばあさん）は存在していないように思えた。

離れて暮らす実家の両親に会うのは、年に3、4回だろうか。わりとこまめに帰省しているほうだと思うのだが、それでも、久しぶりに親の顔を見ると「歳《とし》をとったなぁ」と感じる。

特に父親である。化粧をしたり、ヘアカラーをしたりしている母に比べると、会わない間に老けたように見える。向かい合ってしばらくお茶なんか飲んでいると、ああ、よく知っているわたしのお父さんだと自然な存在になるのだが、会った瞬間は、おじいさんみたい……と、しゅんとするのである。もうすぐ80歳なのだから、一般的には立派なおじいさんなのではあるが、自分の父がおじいさんに見えるのはさみしいものだった。

お父さんと結婚したいと思っていたのは、幼稚園くらいの頃だろうか。あの頃のわたしは、母がうらやましくてたまらなかった。父ほど素敵な男は他にはいないと信じていたのだ。なのに、そのお父さんのお嫁さんは「お母さん」なのである。母にはかなわないとわかると、わたしは妹をライバル視した。自分と妹とどっちが好きかと、よく父に聞いていたのを覚えている。

父の答えはどんなときも同じだった。

「どっちも一緒。どっちもおんなじや」

姉のわたしのほうが好きとは、決して言ってくれなかった。納得がいかなかった。妹より早く生まれたのに、好きの量が同じとはおかしいじゃないか。妹がそばにいないときに、

「ホンマはどっちが好き？」

そーっと聞いてもみたが、父の答えは変わらなかった。


短気な男とは付き合いたくない。

いつもてきぱきしているような人にもあまり惹《ひ》かれない。彼氏として、という意味である。仕事の人なら、ある程度、てきぱきしていて欲しいところだが、恋人となると、気長で、のんびりしている人がいいなぁと思う。

おそらく、いや、絶対に、父のせいである。めちゃくちゃ短気な男なのである。な

にせ、働いていた頃、食堂で出される熱々のみそ汁に氷を入れてもらっていたのだという。熱いと早く飲めないからである。

食堂といえば、別のエッセイでも書いたことがあるのだけれど、父はいつも壁に張られているメニューの、一番最初の食べ物を注文していたらしい。いくら建設現場の監督の短い昼休みといえども、ちょっとせっかちすぎないか？　家族で食事に出かけても、だいたいこんな感じだった。

「何にしようか、これもいいね、あれも食べたいね」

恋人とメニューをのぞき込む幸せなひととき。大人になったわたしは、もうそれを知っている。せかされて食事をするなんてまっぴら。

なのに、なのにである。

不思議と、自分の父が「何にしようか、これもいいね、あれも食べたいね」と、迷うようでは嫌なのだった。父にはそういう男ではいて欲しくないと思う。

父も恋人も同じ「男」だというのに、この矛盾は一体なんなのか。わかっているのは、恋人にしたくないタイプということである。

恋人にしたくないタイプ。

自分の父親のことをそう思いながら眺めるとき、わたしはあらためて母という「女」の存在に気づくのだった。今は夫だけれど、母にとっては、もともと父は恋人なのである。

たまに、ひとりで東京に遊びに来る母は、よく父のグチを言っている。短気だ、自分勝手だ、わがままだ。ふんふんと聞いてあげているのだが、心のどこかでは、こう思っている。

わたしという女はお父さんという男を選んだわけではないけれど、お母さんという女は彼を選んだのである。同じ男にかかわっている女同士という意味では仲間であるが、わたしは選んでいないし、母は選んだ。わたしはそこで、母に「女」を感じるのだった。

お父さんと結婚できないことにショックを受けた幼い日のわたし。あのとき、母が「お母さん」という存在だけではなく、女であることに勘づいたのかもしれない。

かっこいい人と付き合ったことがある。昔の話である。

わたしは有頂天だった。待ち合わせの喫茶店のドアを開けたとき、彼がタバコを吸いつつ、くつろいでいる姿を確認すると、そばに行くのがもったいなかった。あの人がわたしの彼なんだなぁ。遠くの席からしばらく眺めていたいなぁ。

そんなふうに思っていた。

かっこいい人と付き合っていると、自分までもがとてもきれいな女になったように錯覚した。もちろんそれは、すぐに剝《は》がれてしまうメッキのような自信だった。

本当は、いつも彼を横取りされないかとヒヤヒヤ。彼に言い寄ってくる女の子たちの「いたらぬ点」を、それとなく彼に吹き込むことがクセのようになっていた。ふられたときは悲しくて悔しかったけれど、時間がたてば、過度なやきもちをやかなくてよくなったことが身軽だった。

今でも街で、かっこいい男の子と付き合っている普通の女の子の組み合わせを見かけると目が離せなくなる。

彼女もまた、ヒヤヒヤしているに違いない。でも、ヒヤヒヤするだけの楽しみもある男前の彼氏なんだから、それはそれでいい思い出になるんだよなぁと懐かしい。

自分の父親のことをこんなふうに言うのもなんだけど、昔の写真を見ると、ものすごくかっこいい。たぶん、モテたんだと思う。母はきっと、父と街を歩くとき鼻高々だったのではあるまいか。今も母には、父がおじいさんには見えないのかもしれない。

女という
生きもの
11
母と
わたし
女同士でお茶タイム
ハハハ
お父さんは
あいかわらず
短気やなあ
ホンマ
大変やわ
こっちは
なんで
あんなん
なんやろ
はー,
変わってる
思わへん?
まーな

でもええとこも
あるで
というときのわたしは
父の娘
でも、
あーゆー男は
タイプと違うわ
というときのわたしは
ひとりの「女」
絶対付き合い
たくない
タイプ！
← さっきわたしも言ってる
でもええとこも
あるで
ケチじゃ
ないし、
マジメやし
というときの母は、
わたしの母親として
父をフォローしつつも、
やさしいとこも
あるで
自分の男をフォロー
している「女」の顔に
も見えるのでした
そやな

12

かわいいおばあさん

かわいいおばあさんになりたい。

いつ、誰が言い出したのかはわからないけれど、ものごころつく頃には、スローガンみたいにぼんやりと身辺にまとわりついていた。

「かわいいおばあさんになりたいよね〜」

若者だったわたしも、よく友達と口にしていた。かわいくないおばあさんになりたい子なんてひとりもいなかった。

そういえば、かわいいおじいさんになりたい、と言っている男性には会ったことがない。男の人が遠い未来を語るときは、かわいい、かわいくないよりも、住む場所に比重がかかっているような気がする。老後は故郷に帰りたいとか、海の近くで暮らしたいとか。

うちの父親も昔そんなことを言っていた。

もし、宝くじが当たったらどうする？

家族で雑談していたとき、老後用に海の近くの温泉付きマンションを買うと父が言った。母は、どーぞどーぞと笑いつつ、

「ひとりで行ってね」

とピシャリ。ちなみに母は、宝くじが当たったら毎日ちょっとずつ使うと言っていた。わたしもそっちのほうが楽しそうだなぁと思ったのだった。

わたしが「おばあさん」と呼ばれるときは、間違いなく、外見がおばあさんであるはずである。

わたしには子どもがないので、まず孫もない。孫ができると、女は祖母となり、孫からは「おばあちゃん」と呼ばれる。

「おばあちゃん」ではなく名前で呼ばせる方針の人にしても、
「あら、おばあちゃんとお出かけ？　よかったわね～」

孫と出歩けば、やっぱりおばあちゃん扱い。いくら若々しい容姿であっても、そういう役を割り振られるのである。

しかし、それはある意味、気楽ではないか。孫がいるからおばあさん。わたしの場合でいうと、孫はいないので、もはや外見で判断されるのみ。これは思いのほか傷つくことのような気がする。

「おばあさん、手袋落ちましたよ」

ある日、突然、道行く人に声をかけられ、確実にしゅんとするのである。


「いくつになっても女でいたい」

というセリフが市場に出回っている。

いくつになっても女でいたい
パッと見、ちょっとかっこいいセリフなのだけれど、じーっくり眺めていると、アホくさ、という気になってくる。まるで、加齢とともに違う生きものに変身する人間がこの世にいるような物言いである。

女じゃなくなるというのが、お化粧や、ムダ毛の処理や、肌のお手入れや、オシャレをしなくなることを指しているのだとしたら、わたしはときどき女じゃなくなっていることになる。今日だってそう、お化粧もせず、そのへんにあるものを着てコンビニに原稿を出しに行った帰りに、コーヒーまで飲んできてしまった。ズボンをまくればムダ毛の処理もちょっと心配……。

市場に出回っているセリフといえば、「女に生まれたからには」というのもある。

女に生まれたからには、につづく言葉を述べよ。

そんな試験があったら、なんと答えればマルがもらえるのかを考えてみる。

女に生まれたからには、女に生まれたからには、女に生まれたからには……。

思い浮かばない。

15年ぶりくらいに、仲良しだった高校時代の女友達数人で集まった。

思い出話の大半は、先生に叱られたことや、数々の失敗や失態。笑って笑って涙が出た。

「あんた、長い間、停学なってたなぁ」

「停学やのに、バイト行ってなかった？」

友につっこまれる。体育祭の打ち上げで居酒屋に行ったことがバレて、わたしは10日間ほど停学になったことがあるのだ。

あのときは、自分の将来に黒い染みがついてしまったと落ち込んだものだった。そのくせ、早朝のパン屋のアルバイトだけは休まないのである。シフトが変わると店に迷惑がかかる！　外出禁止だったにもかかわらず頑固だった。母は呆《あき》れていた。呆れていたように見えていたのはわたしだけで、泣かせていたのかもしれない。

と、ここまで書いて、ふと、当時の日記を読んでみたくなる。クローゼットの奥のダンボールにしまったノートを開いてみれば、停学中に友がくれた手紙がはさんであった。

『おい、毎日何してんねん。バイト行ってるんちゃうやろな』で始まり、『しずかでいいわ』と軽口が書かれてある。そして、こうつづいていた。『停学になったことある人って、大人でも多いし、その人らもちゃんと生きてるし、青春の一ページでいいんでないかい？』。彼女の言う通りだった。

15年ぶりの同窓会。わたし以外は、全員、お母さんの顔を持っていた。だけど、その顔は取り外すことができて、外してしまえば、ひとりひとりが40代になった女の人たちである。誰にだって自分の人生があり、母でも、おばあさんでもなく、ただひとりの「わたし」である。女に生まれたからには子どもを産み育てる、で全部が足りるものではないのではないか。

老いていくことは、みんなはじめての経験。それは、どこか空《むな》しくて、淋《さび》しい気持ち。そんなとき、「いくつになっても女でいたい」などという言葉は、わたしたちの支えにはならないのである。

アナスイの指輪を持っていた。20代の頃である。アナスイは洋服のブランド名で、洋服以外に化粧品なども販売している。

その指輪は、バラをモチーフにしたものだった。花びらの部分を開けば中に口紅が入っていた。

飲み会の日は、よくこの指輪をして行った。たくさんの若い男女。みな、モテたい気持ちでいっぱいになっている。そんな席で化粧ポーチを持ってお手洗いに行けば、

「何回も化粧直して、ガツガツしてさ」

言葉にはせずとも、女同士の視線が恐ろしい。

わたしはいつも手ぶらで化粧室に向かった。ただオシッコに行くだけ、化粧なんて直さないもーん。ひょうひょうとしつつ、指には口紅が仕込まれたバラの指輪。サッ

と化粧直しをするのに、とても便利だった。

「かわいいおばあさんになりたいよね」

あの頃、よく友達と口にしていたこのセリフ。それは、ひょっとしたら、

「おばあさんになったら、もう張り合わなくていいし楽だよね！」

こういう気持ちだったのかも？

ちなみに、40を過ぎると、周囲の女子たちは「かわいいおばあさんになりたい」などと言わなくなっている。わたしも言わない。ある日、突然、聖女になれるものではないということに気づいたというのもあるし、今の自分のままでいいや、って思っているからかもしれない。

女という生きもの 12
そういえば……
カタ カタ
「かわいいおばあさん」って言葉は聞くけど
フッ
「かわいいオバサン」って言わないよな～
益田ミリです
ペコリ
最近、44歳になりました
「オバサン」
うふっ
って言葉に過敏なお年頃デス
「かわいいオバサン」か～
なんでだろ

「オバサン」と言われるより「かわいいオバサン」と言われるほうが
たぶん、
ムカつく気がします
人生ではじめて
「かわいい」を付けられたくないと思いました
ハハ
ということは
もしかするとおばあさんになったとき、
「かわいいおばあさん」って言われたら
ムカつくのかもしれません
「かわいい人ですね」なんて、今、男性に言われるとキュンとしちゃうんですけどね
ハハハ

13

カルチャースクール

映画館で痴漢に遭遇したことがある。

短大生の頃だった。わたしの隣は空席で、空席の隣は通路だった。席についてしばらくすると予告が始まり、場内が暗くなった。と同時に、スーツ姿の痩《や》せた中年男がその空席に座った。通路側なので、座りやすかったんだろうなと思った。

男は、手にしていたコートを自分の膝《ひざ》に広げてかけた。別段、気にもとめなかった。冬だったし、寒かったのだ。

男のコートの一部がわたしの膝にもかかっていた。狭いししょうがないかと思っていたら、男の手がコートの下から伸びてきて、わたしの太ももあたりに触れているのである。

あれれ？

状況が把握できなかった。男のほうに顔を向けると、彼はまっすぐ前を向いたままだった。真横から他人に顔を見られているのに、これは不自然である。痴漢だとわかり、周囲の人に聞こえない程度の声で「やめてくれるかなぁ」と男に言った。わたしは女友達と一緒だったのだけれど、本編が始まっていたので、騒ぐと迷惑になると思って黙っていた。男はすばやく立ち上がり逃げて行った。その後、急に心臓がバクバクしてきて、もう映画どころじゃない。周囲のことなど関係なく、大騒ぎしてみせればよかった。今でもふいに悔しく思うのである。

大阪で会社員をしていた頃、仕事が終わるとたまに同僚の女の子たちと連れ立って映画を観に行った。行ったんだけど、どんな映画を観たのかをほとんど覚えていない。覚えているのは、終業前の給湯室でコーヒーカップを洗いながら、

「ね、なに食べるか決まった？」

「うーん、まだ迷ってる」

映画館で食べるおやつについて語り合っている光景である。2畳ほどの給湯室の小さな窓からは、きれいな夕焼けが見えた。

社内の清掃の仕事をする年配の女性がいて、わたしたち女子社員は「おばちゃん」と呼んで慕っていた。給湯室の掃除をしてくれているとき、よく一緒におしゃべりした。小柄な優しい人だった。取引先の人が持ってきた手土産《てみやげ》の羊羹《ようかん》やカステラ。切り分けて3時のおやつに部内で配るとき、わたしたちはおばちゃんのぶんもこっそり取

っておいたものだった。

わたしたちが「おばちゃん、おばちゃん」と呼んでいるのを見兼ねた社内の男性から、おばちゃんではなく、名字で呼ぶようにとお達しがあった。まだ20代だった生意気盛りのわたしたちは、そんなお達しなど完全に無視して「おばちゃん」で通した。

あれから20年近い月日が流れ、振り返ってみてもわからないのである。おばちゃんは、おばちゃんと呼ばれていたことをどう思っていたのだろう。

わたしが仕事を辞めて上京したあとも、おばちゃんとはときどき手紙のやりとりをしていた。いつもわたしの健康を案じてくれていた。何回か引っ越しをするうちに、いつの間にか便りは途切れてしまった。

おばちゃんの仕事ぶりが今でも懐かしい。丁寧な働き方の人だった。給湯室のステンレスのシンクはいつもピカピカに磨かれていた。おばちゃんが洗って干したフキンは見るからに清潔で、それが夕日でオレンジ色に染まっているのを見るたびに、わたしは自分の一生で出会う「美しいもの」のひとつだと思った。

カルチャースクールの講座案内を眺めるのが大好きなのだった。

おもしろそうな講座はないかなぁ。

パソコンで検索し、ひとりワクワクしている。

なにに申し込もうが自由である。自分の前には、いくつもの新しい世界が広がっているのだと思うと、講座案内を眺めているだけで充実感！

一日体験講座というのもあって、気が向けばたまに料理教室なんかにも参加している。ついこの前は、ダシの講座に申し込んだ。みそ汁などに使う、あのダシである。料理を始めて間もない若い女性の参加者が大半かと思いきや、行ってみれば年配の女性もちらほら。

見たところ70代の女性までもが、おいしいダシの取り方を学び直そうとされている姿は、なかなかかっこいいのだった。

「どなたか、手伝ってくださらない？」

みそ汁に入れるみょうがを切って欲しいと先生が言えば、「はいはい、わたしやりますよ」と年配の女生徒たちは進んで前に出て行く。そして、シャッシャッシャッと手早くみょうがを刻み、

「先生、その白玉、まるめときましょうか？」

などと、てきぱきとお手伝い。もはや、わたしにとっては、この人たちも先生である。

たまたま最前列に座っていたわたしは、先生に「茄子《なす》をごま油で焼く」という任務を与えられただけで、もうあたふた。どれくらい焼いたらいいのだろう、油の量は？　家事のプロたちを前にすれば、わたしなどほんの小娘である。

「わたし、学生に食事を作る仕事をずっとしていたんですよ」

手際よくみょうがを刻んでいた女性がポツリ。見れば、たくさん働いてきた人の手なのであった。


『働く女子の夢』（いろは出版）という本がある。働く若い女性たちのインタビュー集で、教師、美容師、銀行員、うどん屋店長など職種はさまざま。大変なこともあるけれど、働くことが大好き。インタビューの内容はおおむねこういう感じで清々《すがすが》しい。

巻末には、本書に登場する以外の女子たちに取ったアンケートが載っていた。

働く中で、「女でよかった！」と思ったできごとは？

どれどれ、どんなことが書いてあるんだろう。「女でよかった！」ではなく、「働く中で女でよかった！」と思ったできごとのアンケートである。


「難しい駐車場に止める時は代わってもらえる♡（25歳／営業）」

「取引先の人との食事会でお土産をもらえる。（25歳／事務）」

「虫退治をしなくてよい。（27歳／社長室）」


ええっ、こんなことくらいで喜んでる？　なんだか、がっかり。

いや、待て、たぶんそうじゃない。彼女たちは、求められていた軽やかな答えを察しただけなのではないか。そもそも、この質問にどんな意味があるのかがわからなかった。もしこれが、「働く中で女で損した！」と思ったできごとのアンケートだったら、誰もふざけた返しはしていなかったように思えた。

「あれは差別ですよ」

一緒に食事していた男性にわりあい強い口調で言われ、わたしは一瞬、言葉が出なかった。絶句したのである。

たまたま映画の話題になり、

「先週、レディースデーにふらっと映画を観に行って……」

と、わたしが言いかけたときに、彼は、僕たち男に対する差別だと言ったのだ。

ほとんどの映画館は、毎週水曜日がレディースデーである。いつから始まったシステムかは知らないけれど、女性は1000円で映画が観られる。わたしでいうなら、年に3回くらい利用しているだろうか。得か損かといえば、得になる。1800円の映画料金が1000円なのである。ただし、前売りチケットを利用すれば、性別にかかわらずたいていの映画はいつでも1300円。すなわち、レディースデーは、300円のお得という見方もできる。

会食の帰り道、わたしは思った。100円玉3枚で使う差別という言葉の軽さよ！

それで差別と言われるくらいなら、もうレディースデーなんか二度と利用しないゾ。

その後、わたしは自分の誓いを固く守り、映画のレディースデーは一切利用していない……ということはなく、まぁ、あるんだから利用しちゃおう♡　と利用しているのだった。

ん?

女という生きもの
13
一日体験のさまざまなお料理教室
豆料理体験
フレンチ料理レッスン
気が向けば参加してみます
自分料理にあきた
料理の内容は変わっても、
共通しているなと感じるのは、
ホント暑かったですね〜
女同士のおしゃべりにはプライベートな質問が少ないことです
熱中症とか怖いですよね
ねー
年齢も、住んでいる場所も
緑のカーテンしました
あ、うちも
仕事をもっているのかいないのか、
うちは毎年失敗して

ましてや学歴など質問することはありません
うちは朝顔なのよ
あら、ステキ
うちは去年夕顔やってあれは本当に夕方咲くのね
うちは子どもの夏休みの宿題で朝顔育ててるんですけど
ふいに、誰かがプライベートを開示すれば、
うちも息子が小さいときはやってたわ〜
息子いる
互いに同程度の情報を開示するのが暗黙のルール
わたしも子どものときは妹と育ててました。懐かしい
妹いる
うちは母が朝顔好きでね
母いる
今はちょっと施設に入ってるんですけど
まあそうですか
先生
お話し中すみません次のゴーヤなんですが
ハーイ

14

寄せてあげて

ブラジャーを注文したのだった。きちんと採寸してもらって作るブラジャーである。

ここ数年、愛用していたのはアウトドアショップで売っているブラ。からだを締め付けない、動きやすい、汗をかいてもすぐ乾く。ものすごく高機能ではあるが、残念ながら「寄せてあげる」効果がない。薄手のニットなどを着て鏡を見れば、胸のあたりはペタンとしているのである。

でも、まぁ、いいか、楽だしネ。

さほど気にせずにいたのだけれど、あるとき、バストの位置が低いと老けて見える、というような記事を何かで読んだのだった。見た目年齢は顔だけの問題ではなく、バストの高さも関係しているようである。

そんなわけで、新しいブラジャーを買うためにデパートへ。昔、何度かセミオーダーで作ったことのあるメーカーの売り場に行くと、

「お客さま、以前にご登録されていますか？」

「登録していると思うんですが、10年くらい前になるので残っていないかもしれません」

調べてもらったところ、当時のデータが残っているとのこと。ずいぶん時間がたっ

ているので、あらためてサイズを測ってもらうことにする。

試着室に入る。指示通り上半身裸になって立っていると、係の女性がやって来た。彼女の前に、無防備に放り出されているわたしのバスト。若い頃となにも変わらないように感じるが、鏡に映っている姿を正面から見ると、重力には逆らえないことを実感するのだった。

測り直した結果、10年前よりサイズが大きくなっているらしい。喜ばしい話ではなく、単に脂肪がついたのである。サンプルのブラジャーを正しくつけてもらったところ、両脇にぷっくらと脂肪がたまる場所ができていた。

「昔は、こんなところにお肉なんかなかったんだけどな……ハハハ」

自嘲《じちよう》気味に言ってみれば、「わかりますよ」と彼女。

わたしのバストを測ってくれている人は、わたしと同じ歳《とし》くらいだった。そのとき、わたしのバストは、彼女のバストでもあった。

このまま、カチコチだったらどうしよう。

10代の頃、膨らみ始めた自分の胸を案じていた。触ってみてもちっとも柔らかくない。柔らかいどころか、触れると痛いばかり。

わたしは、大人の女の人のおっぱいを触ってみたかった。いや、揉《も》んでみたかった。どれくらい柔らかいものなのか、正解を知りたかった。

しかし、母親のおっぱいを触るにはもう成長しすぎていたし、クラスメイトの女の子たちの胸は、自分と同じようなものだった。わたしも大人になると、ふわふわのおっぱいになれるのだろうか。

いつか彼氏ができ、自分の胸を触られるようなことがあったら……。

こんなにカチコチの胸のままだと、変に思われないだろうか？　ずいぶんまじめに悩んだものだった。男の人はふわふわした胸が好きなんじゃないだろうか？

女子の胸は、長い期間、固くて痛いものである。本当にふわふわの胸になったのは、40代になってからのような気がする。柔らかさがわかった頃には、バストの両脇にぷっくらと脂肪がたまる場所ができていたわけである。

胸よりお尻が好き、という男性がちらほらいる。

飲み会の席などでそういう話題になったとき、わたしはポカンとするのである。だって、お尻は自分にもあるじゃないの。

でも、違うのだそう。女子のお尻は男の人のとは別物みたい。

小さい胸が好きという男性も結構いる。理由を聞いてもはっきりとは答えてくれない。

「なんか、好きなんだよね」

とにかく大きいのがいいという人もいる。かというと、「普通がいい」という意見もある。大、中、小。好みというのは、一体、どれくらいの年齢から定まっていくものなんだろう？

そういえば、昔、ラジオ番組の電話インタビューで、男性のパーソナリティに胸のサイズを聞かれたことがある。

「ちなみにマスダさんは、何カップ？」

番組内で盛り上がっていた話題だったようだけど、本の宣伝のために自宅の電話に出たわたしには唐突なものだった。ええーっ、えっと、さぁ、どうなんでしょうか、えっと、えっと。電波に乗せて発表したいことでもなかったので、はぐらかしつつ電話を切った。しばらくして、隣に座っていたであろう女性のパーソナリティの助け舟がなかったことに気づいたのだった。

友達に子どもが生まれ、お祝いを持って遊びに行くと、ハッとするのである。友のおっぱい。友のおっぱいに吸い付いている赤ちゃん。不思議な感じである。

バストの先端からミルクが出てくるとはいかなるものか？

ミルクとは、すなわち、赤ちゃんの食事である。人間の食事が自分から出てくるって、なんかすごいなぁ。ただただ、からだのしくみに感心するばかりである。

「わたし」と「母乳を与えている友」。同じ女という生きものでありながら、このときばかりは教室が違う、そんな感じだろうか。母乳の友は女子だけのクラスで授業を受け、わたしは男女混合の教室である。

「胸からミルクが出るって、どんな感じなんだろうな？」

「ほんと、どんな感じなんだろうね？」

隣の席の男の子と首をひねっている。わたしは、男女混合クラスから出ることのないままの人生なのだった。

ふと、自分の家族のことが思い浮かんだ。

父と母とわたしと妹。4人家族だった我が家。ずっと、女子3人対お父さん、という構図だったけれど、今では、父とわたしが同じ教室になることもある。父とわたしは子どもを産んでいない同士である。母と妹のいる教室を、ふたりで外から眺めているのである。


「そろそろブラジャーをしようね」

小学校の保健の先生に言われ、暗い気持ちになった。自分の胸が大きくなってきていることにはもちろん気づいていたけれど、小学5年生である。まだまだ膨らんでいない友達が大勢いる中、ブラジャーをするのが恥ずかしかった。ひとり、ふたり、すでにつけ始めている子がいたのだけれど、ブラウスから透けて見える彼女たちのブラジャーに震え上がった。ブラジャーをしていることを誰にも知られたくない。胸の膨らみは恥ずかしいもので、隠し通さなければならないものだった。

今なら、パッド入りのキャミソールという便利な商品があるわけだけど、そういうものもなかったし、はじめてのブラジャーは「スポーツブラ」が基本だった。

母が買ってきてくれたスポーツブラは、なんのかざりもない、白くてそっけないものだった。そういうものを選んできて欲しいと頼んだのだ。母は、それとは別にリボンがついたかわいいものも買ってきていた。娘のはじめてのブラジャーである。母だって、なにかかわいらしいものを買いたかったのだろう。なのに、わたしは腹を立てた。大人がするみたいなのは嫌なんだ。だって、まだ子どもなんだから！　口に出しては言わなかったけれど、気に入らなかった。

なのに、そのリボンのブラジャーをつけてみたくてたまらず、誰もいないときにこっそり胸にあてていたのである。

大人になりたくない。でも、大人の世界からぐいぐいと引っ張られている自分のからだ。そして、今も引っ張られつづけている。若かった頃の、ピンと張った胸とのお別れどき。胸が下がっていくのは、膨らみ始めと同じように、ちょっと恥ずかしいものなのだとわかった。

でも、まだ、しばらくは大丈夫。寄せてあげるブラジャーを、新宿伊勢丹で3枚セミオーダーしてきたのだから。

うふっ

女という生きもの 14
ブラジャーってしんどいですよね
フッ
はじめてブラをつけたその日からかれこれ30年
ずっと窮屈な胸まわり
きもちわるい
帰宅後、
ただいま〜
わたしは、うがい手洗いより先に着替えるのですが
ふぅ
このとき、ブラも取っちゃいます
夏なら、Tシャツも全部ぬぐわけですが

冬は寒いので……
さぶっ
ブラだけを外すわけですが
まずはホックを外し
よっ
左の袖口から右手を入れてブラのひもを引っ張り出し、
同じように右側のひもも引っ張り出す
ゴリゴリ
左右のひもがうでから取れたのを確認したら
よしっ
襟元から、いっきに引っ張りあげて取る、
という流れに「わかる!!」という女子はどれくらいいるのでしょう？
少なくはない気が……

15

女の子でも「ボク」

フランスでは、年齢をかさねた女性のほうがモテるらしい。

まだ若者だったわたしは、それをどこかで耳にしたとき、とてもつまらない気持ちになった。おばさんたちのほうがモテるなんておかしいではないか。若さにケチをつけられたようで、腹が立ったのを覚えている。

中学生の頃、わたしは母にこう訊《たず》ねたことがある。

「若いってうらやましい？」

このときの自分の感情が忘れられない。未来がある若者がうらやましいのかと聞いたのではなくて、女としての「若さ」がうらやましいかと聞いたのだ。子どもにそう思わせるだけの情報が、世の中にはあったということである。

そして、これは子どもの意地悪でもある。なにをやっても大人にはかなわない。唯一、圧倒的に勝っているのは、若さ、すなわち未来の長さである。ときどき、このことを大人たちに知らしめてやりたいと感覚的に思っているのではないか。

以前、フランスにツアー旅行をしたときだった。母親と中学生の女の子のふたり組が参加していた。

ある観光名所で自由行動の時間があった。景色のいい場所を探して散策していたときに、親子の会話が聞こえてきた。

　娘は言った。

「疲れた、引き返そうよ」

「せっかくだし、もうちょっと行こうよ、上まで行くと景色がいいかもしれないよ」

「いいよ別に。だって、わたし、また大人になってから来られるんだもん」

　お母さんは、はいはいと言って娘とともに引き返して行った。女の子は、母が二度とこの場所に来ないであろうことを知った上で、なお、自分の若さを見せびらかしたいのである。「若いってうらやましい？」と、母に言ったときのわたしもまた、同じようなものだったのかもしれない。

「若いってうらやましい？」と言ったわたしに、母は、ひと呼吸置いてから、「そうやなぁ、うらやましいなぁ」と言った。あの間《ま》はなんだったのか。当時の母の年齢を過ぎている現在の自分で考えてみれば、いくら我が子であっても、小娘に得意げな顔で「若い女」をアピールされてしゃくに障ったのではあるまいか？

「やられたら、やり返す」もとい、「やったことは、やり返される」。散々、自慢げにしていたものだから、今、自慢げにしている若い女の子たちの気持ちが手に取るようにわかってしまう。

若い女の子ってうらやましい？

若い女の子って価値があるでしょう？

街を歩いていても、彼女たちの立ち振る舞いひとつでその胸の内が伝わってくる。すごく痛くはないけれど、チクッとくる悔しさである。

と同時に、親しみが湧いてもくるのだった。いつか必ず、「女の子」というブランドは取り上げられ、彼女たちも、何度も何度も、もの足りなさを味わうのである。そう思うと、すでに仲間のようで愛《いと》おしい。

「フランスでも、やっぱり若い女性のほうがモテますよ」

つい最近、テレビを見ていたら、フランス人の青年が言っていた。


モテたいという気持ちは、何歳くらいから芽生えるのだろう？　幼稚園の頃には、もう好きな男の子がいたし、おそらく、その子にモテたい気持ちがあったはずである。

モテたさが屈折し、小学校の高学年になる頃から、わたしはまったくスカートをはかなくなった。学校に行くときはいつでもズボン。癖のないまっすぐに伸びた長い髪も、ひとつに結んでわざとそっけなくした。

男の子っぽいファッションに変えたのは、自分の中で編み上げた物語があったからである。

普段はボーイッシュなのだけれど、髪を下ろしてスカート姿になれば、

「ほら、実はこんなにおしとやかな女の子なんだよ」

そのギャップに驚いてもらいたかった。クラスの男子たちにドキドキしてもらいたかった。そして、そんなわたしを見て、好きな男の子が振り向いてくれるのではないかと、淡い期待を胸に抱《いだ》いていたのである。

ボーイッシュを返上し、スカート姿で登場する舞台は決めていた。卒業式である。いつもと違うわたしに、教室はざわめきたつに違いない！

しかし、卒業式当日。クラスメイトたちの反応はにぶかった。誰もがオシャレをしている日である。わたしがスカートをはこうが、髪を下ろそうが注目されるわけもない。2年もの間、自分の中であたためつづけていた物語は、こっぱみじんになったのであった。

「わたし」が「うち」だった時代がある。

小学3、4年生頃のほんの短い期間だった。自分のことを「うち」と言うのが主流になり、クラスの女の子たちは、

「うちな、きのう、ソロバンやってん」

「うちも」

などと、「うち」を連発していた。

大阪育ちなので「うち」と自分のことを呼ぶのは唐突ではなかったのだけれど、でも、それまでは「わたし」でやってきたわけなので、ちょっとした流行だったのだと思う。いつの間にか、ほとんどの子が「わたし」にもどっていた。正確には「あたし」である。

自分のことを「ボク」と言う女の子もいた。その子のことは覚えていないのに、「ボク」という響きだけが耳に残っている。

女の子なのに、どうして「ボク」って言うの？

質問した友もいるのだろうが、わたしは訊ねなかった。それぞれ自分の中の物語があって、それでこの子は「ボク」を使っている。そういうことなんだろうと思っていた。

わたしにも物語があった。たくさんあった。自分が魔法使いという物語も、双子の女の子という物語も。のちに、「外見はボーイッシュだけど、本当はおしとやかな女の子」という物語も追加されるわけである。だから、「ボク」を使う女の子のことが少しわかるような気がしていた。気がしていただけで、彼女の本当の気持ちはわからないままである。

女の子は○○してはいけません。
いろんな場所で、いろんな大人に、いろんな○○を言われて大人になったのだった。乱暴な言葉使いをしてはいけません、というのもあったけれど、「どうして?」と聞き返したところで、「お嫁さんにいけないよ」で煙《けむ》に巻かれてしまった。
お嫁さんにいけないことは、子どものわたしには悲劇だった。

お城に住むお姫さまみたいなドレスを着たい。ディズニーの絵本を開きながら夢見ていた。ふんわりと膨らんだスカートの中はどうなっているのだろう？　空洞なの？　スカートが何重にもなっているの？　あんなドレスを着て、王子さまとダンスをしてみたい。

でも、無理だった。鏡に映る姿を見れば、金髪でもなければ、青い瞳でもない。身近にあるダンスといえば、盆踊りくらい……。ドレスを着て舞踏会に通っている近所のお姉さんもいなかった。残すところ、自分がなれそうなお姫さまといえば、花嫁さん以外ないのである。

「お嫁さんにいけないよ」

大人たちの口からこのセリフが出るたびにあたふたした。「結婚できないよ」と言われても、ピンとこなかったに違いない。

男の子は○○してはいけません。

同じ頃、男子たちは、なんと言われていたのだろう？　泣いてはいけませんだったのだろうか。ドレスが着られないのも嫌だけど、「泣くの禁止」もまた大変である。

子どもの頃から泣き虫だったわたしは、大人になった今でも、感情的になるとすぐに涙が込み上げてしまう。今、泣きたくない！　というときでも止められないのが涙というもの。泣いてはいけませんと言われる男の子たちのことが、ちょっと気の毒に思えるのだった。


けんちん汁はおいしかった。

おいしかったので、隣で一緒に食べていた女友達に「うまいね〜」と言った。親しい友に向かって言った心からの「うまいね〜」である。

しかし、愉快な気持ちは一転。

「女の子がそんな言葉を使うんじゃねぇよ！」

屋台のおじさんに一喝された。

さらりとした口調だったが、自信に満ちていた。

わたしはとても恥ずかしかった。44歳にもなって、人前で注意されたことだけが恥ずかしく、「うまいね〜」と言ったことは恥ずかしくなかった。

青空の日曜日、にぎやかなお祭り、屋台のけんちん汁。

わたしは「うまいね〜」がぴったりだなぁと、その言葉を選択したのである。しかも、おじさんに言ったわけでもない。

屋台のけんちん汁をすすりながら、へらへらと笑った。笑いたい気持ちなど、ひとかけらもなかったけれど、どう言い返せばいいのかわからなかった。料理を褒《ほ》めて叱られているのである。

「女の子が、ボク、なんて使うんじゃねぇよ！」

ここに、小学校時代の、あのクラスメイトの女の子がいたら、同じように叱られていたのだろうか。

屋台をあとにして、モヤモヤと歩きつつも、「女が」ではなく、「女の子が」と注意されたことに、ちょっと気をよくしているわたしもいたのだった。

女という生きもの 15
次に生まれ変わる
としたら
女がいい？
男がいい？
という質問は
よくありますが
わたしの本心を
言えば
生まれ変わり
たくない〜〜〜
なんていうか、
人生って
一回でいいっていうか

生まれる時代も
性別も
自分で選んではおらず、
選べたとしても
生まれたことがないんだから、決められないかもね
うん うん
次に生まれ変わるとしたら男か女か
という問いに、本気で答えるには
どちらも経験したあとの三回目の人生を語るときなのかもしれません
はは
三回って

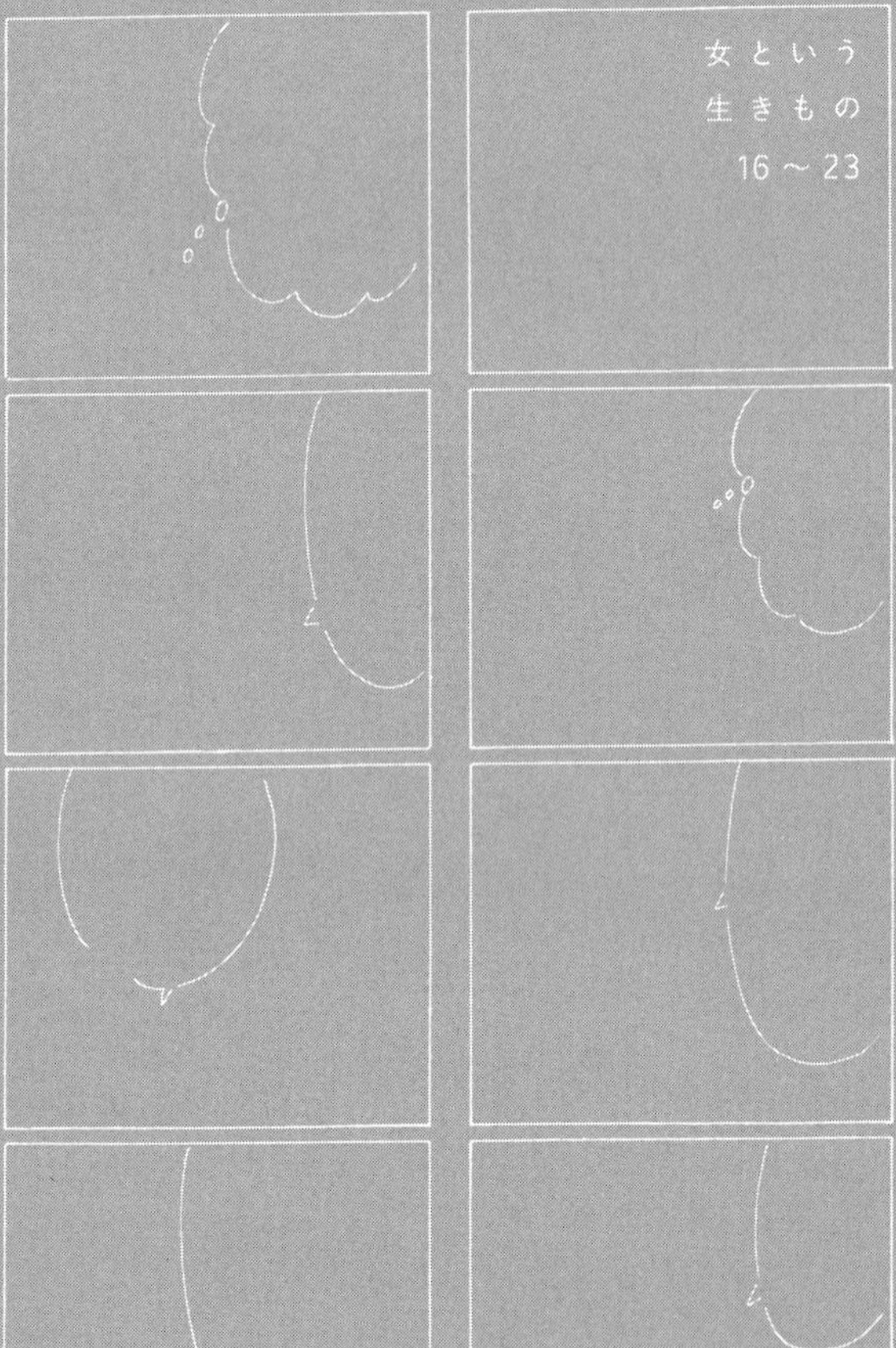
女という
生きもの
16～23

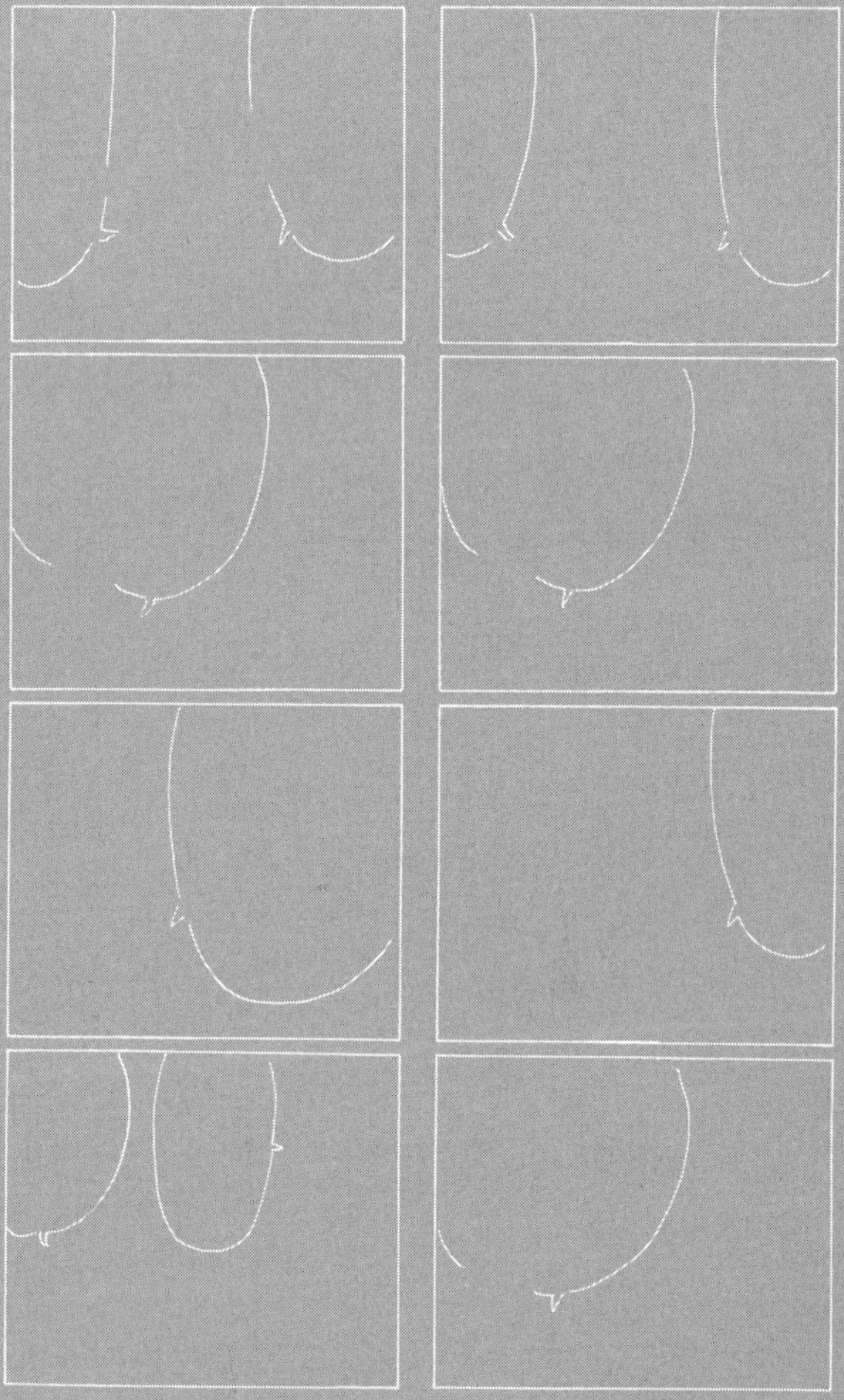

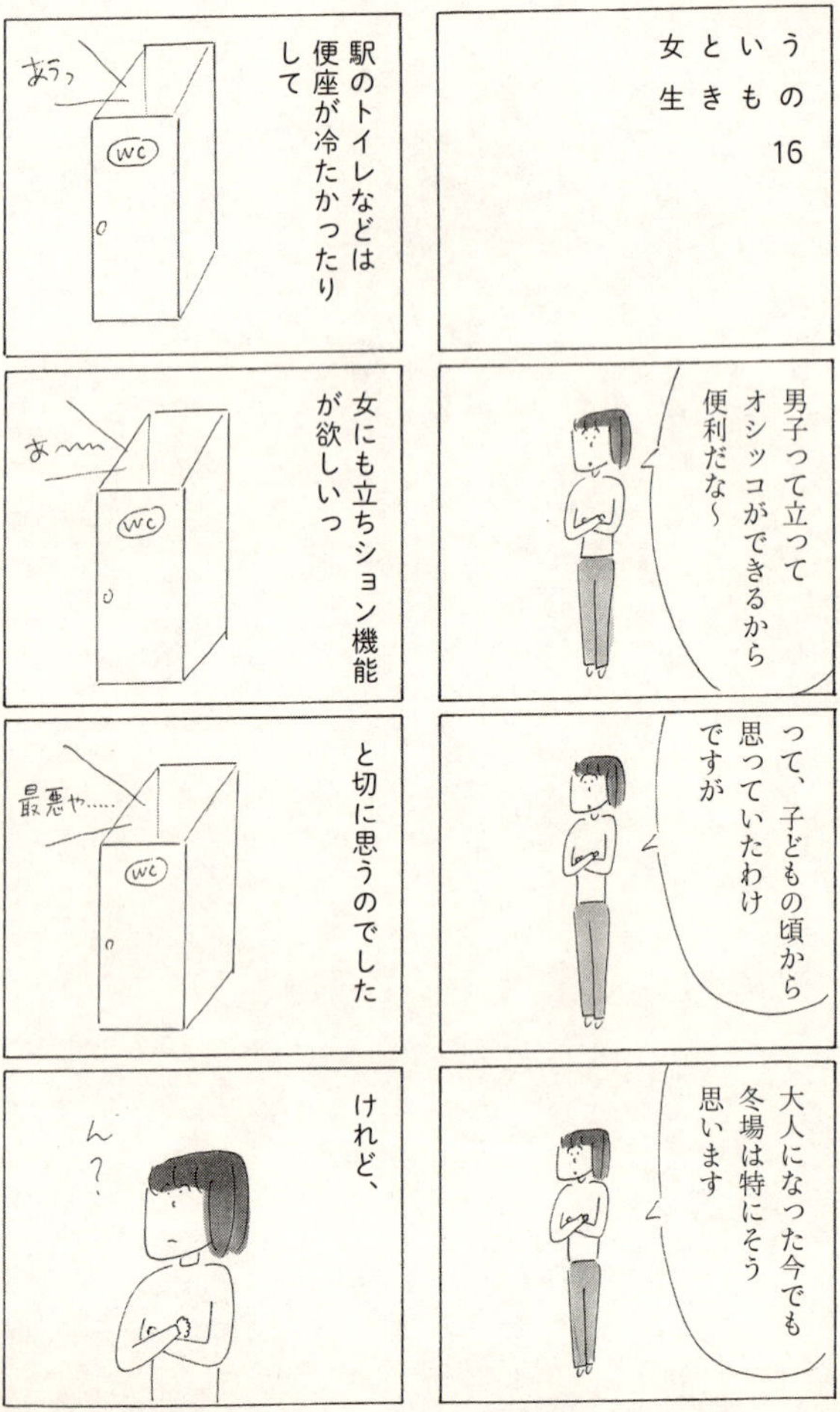
女という
生きもの16
男子って立って
オシッコができるから
便利だな〜
って、子どもの頃から
思っていたわけ
ですが
大人になった今でも
冬場は特にそう
思います
駅のトイレなどは
便座が冷たかったり
して
あうっ
WC
女にも立ちション機能
が欲しいっ
あ〜〜
WC
と切に思うのでした
最悪や……
WC
けれど、
ん?

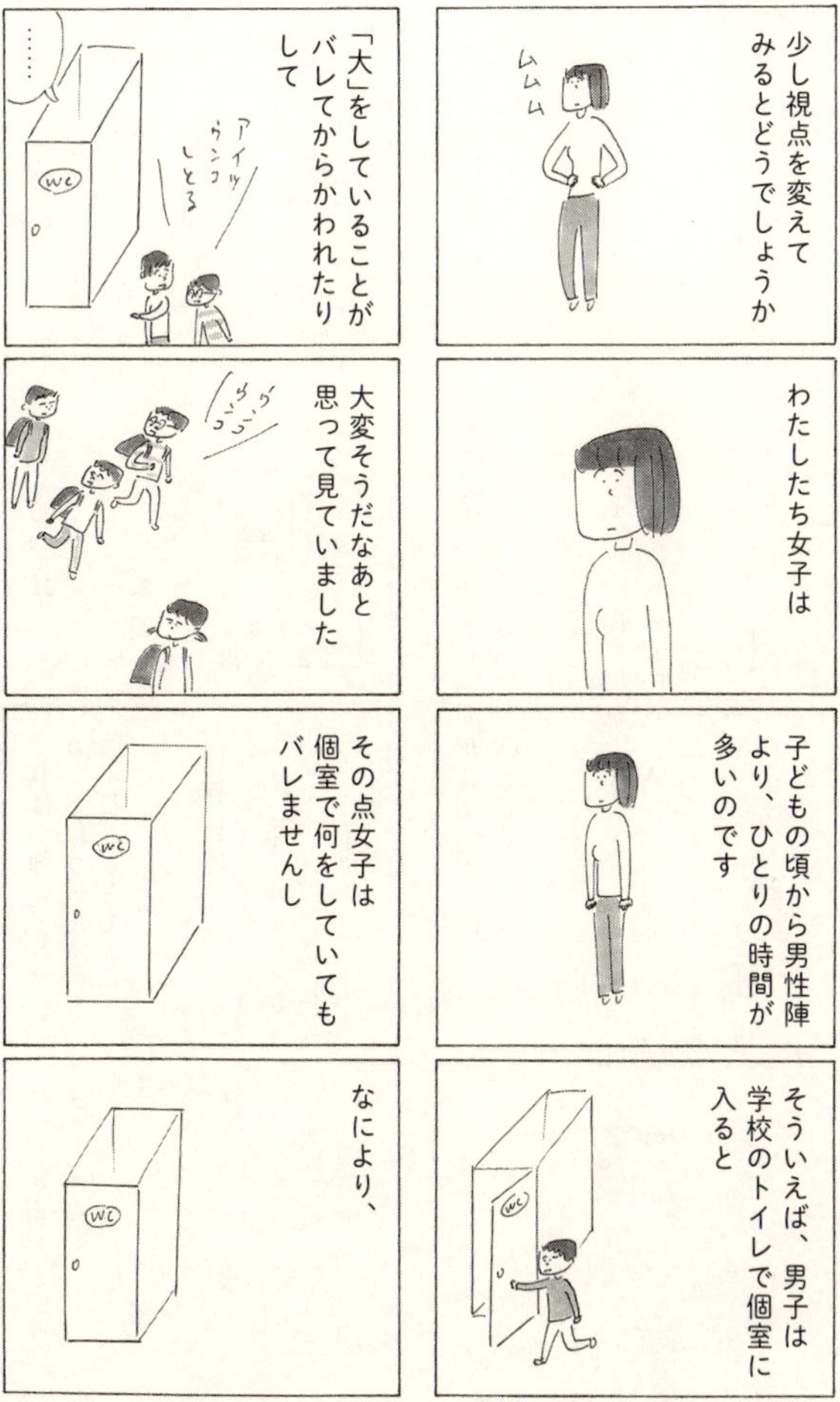
少し視点を変えて
みるとどうでしょうか
ムムム
わたしたち女子は
子どもの頃から男性陣
より、ひとりの時間が
多いのです
そういえば、男子は
学校のトイレで個室に
入ると
「大」をしていることが
バレてからかわれたり
して
アイツ
ウンコ
しとる
……
大変そうだなあと
思って見ていました
その点女子は
個室で何をしていても
バレませんし
なにより、

いつでも気軽に
ひとりになれる空間を
持っている、
とも言えるわけで
それは「強いられてい
る」という表現に置き
換えることもでき、
わたしたち女という
生きものは、
パタン
日に何度も孤独と
向かい合いながら
大人になり、
老いつづけて
いるのでした
ふぅ
もしかしたら

女という生きもの 17
女のほうが寿命が長いのは
蓄積された孤独の時間分（トイレの）を
男の寿命に上乗せしているからなのかも？
なわけないか
ハハハ
友達とカフェにて
ね、なんで「オレオレ詐欺」があって
「あたし詐欺」がないんだろうね？
お金かりる理由がむずかしいのかもねえ
ん？

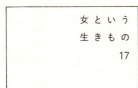

ほら、痴漢でつかまるとかないし
あーそうか
会社に監査が入るとか
娘っぽくないセリフだもんね
お母さんに「お金かして」なんて言ったらまず娘は説教だよね
たしかに
ん?待てよ
母がダメでも父がいる
父と娘の関係ならどうだろう?
もしもし、あたし!あのさ、事故っちゃってすぐお金いるの!!
娘
とかなら、お父さんたち信じちゃうんじゃなかろうか?

なに、わかった
すぐなんとか
する!!
とりあえず
お母さんに
相談するから
あ、そうだ
お父さんって
お母さんに
まず言いそう
どした?
女という
生きもの
18
ささいな
ことなんですが
女子トイレの
手洗いで
わたしは両手を
洗うんですけども
右手の指先しか
洗ってない人も、
たまに見かけて

あれはきっと、女友達と一緒のときはやんないんだろうなと思うのでした
……
女という生きもの 19
誰かの家でご飯会などするとき
てくてく
みんなで食材の買い出しに行くと
スーパー
キャッ キャッ
選ぶ物が違っておもしろいです
ポンズこれがいい
あたし、七味は黒いのがいいな
へ〜
おもしろくはあるのですが
あたし、薄揚げはコレが……
「こだわり」の張り合いにもなるので
あっ、こっちのほうがおすすめ、おいしいよ

若干、緊張感が走ったりもし、
一回食べてみて、おいしいから
うんうん
引く役目の人も必要になってきます
いつも消泡剤が入ってないの買うんだけど ま、いっか
女同士一緒に暮らすなら、キッチンは別々がいいなどと耳にしますが
塩、岩塩つかってるんだ～
塩ひとつでさえそれぞれ好みがあるのだから
あたしはいつもこっち
その通りだなという気がします
うん うん うん
女という生きもの 20
女子が集まると、お土産《みやげ》交換
これお土産～
わたしも～
交換は平和の基本ではないでしょうか
キャッ キャッ

女という生きもの 21
雨の日に地下鉄に乗ったんです
空席を見つけ
座ったはいいものの
隣の女子が、組んでいた脚を一ミリも動かさなかったんです
しかも、長ぐつ……
当たったら汚れそ〜
真横なので顔は見えなかったのですが、
髪型やファッションからかわいい子なのではないか

と、推測し、
ああ、わたしは今、この子になめられているのであるな
と、判断し、
それで、軽く反撃してみようと試み、
傘をその子のほうに持ち替え、
サッ
長ぐつの先にちょんとぶつけてみたんです
ちょん
「あら、うっかりごめんなさいね」
という会釈をして大げさに傘を引き寄せたんですが、

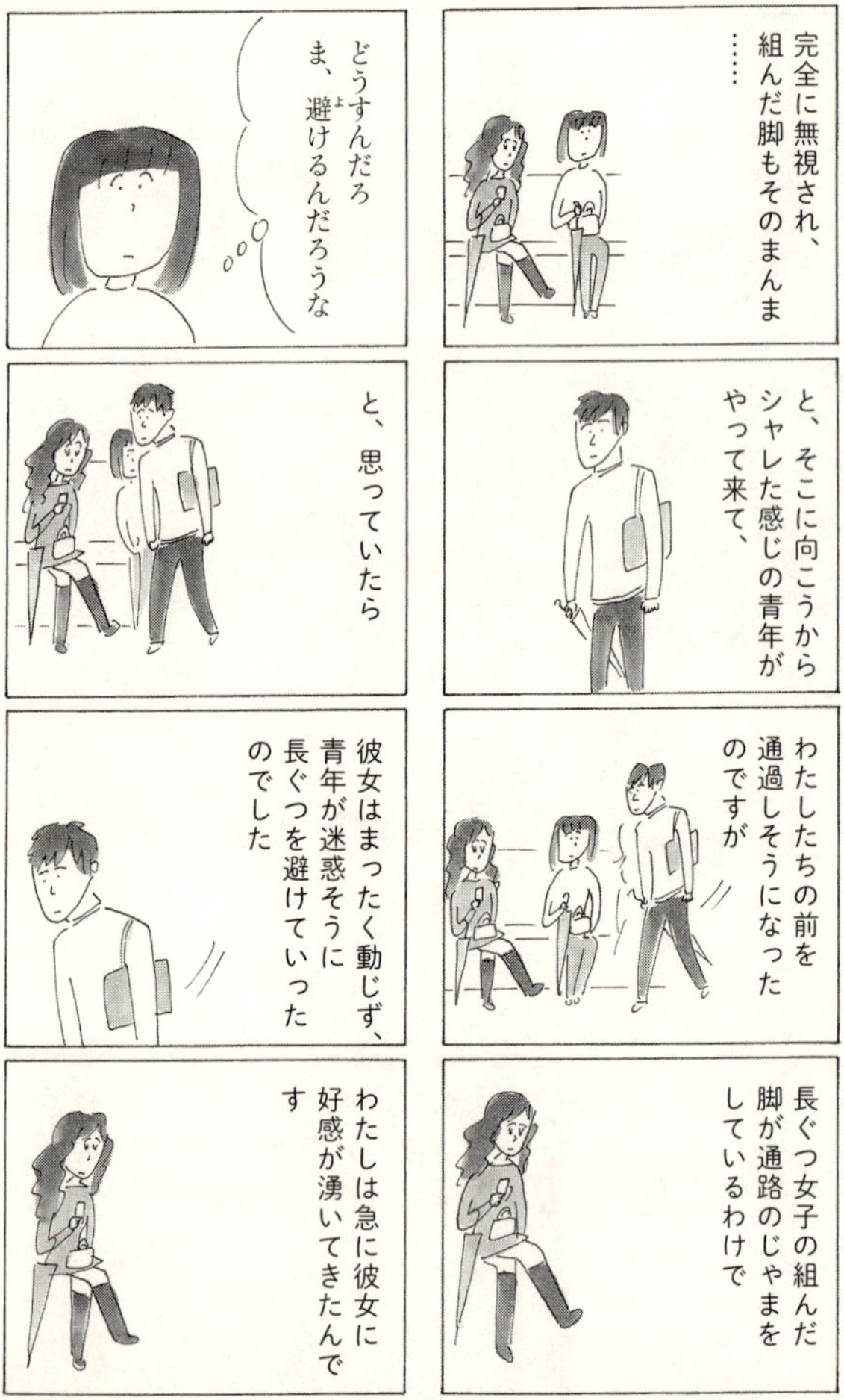
完全に無視され、組んだ脚もそのまんま……
と、そこに向こうから シャレた感じの青年が やって来て、
わたしたちの前を 通過しそうになった のですが
長ぐつ女子の組んだ 脚が通路のじゃまを しているわけで
どうすんだろ
ま、避《よ》けるんだろうな
と、思っていたら
彼女はまったく動じず、青年が迷惑そうに 長ぐつを避けていった のでした
わたしは急に彼女に 好感が湧いてきたんで す

もちろん、
マナーとしては
よくないわけですが、
中年女（わたし）にも
若い男子にも態度が
一貫している
若くて、かわいくて
ちょっと反抗的
ま、そういう
期間もいいんで
ないか
フッ
などと思った地下鉄で
のできごとでした
女という
生きもの
22
大勢での飲み会、
ワイ
ワイ
最後の会計のとき
ひとり
3500円〜

という号令が出て
細かいの あるかな
ゴソ ゴソ
はい ぴったり
オレ500円 おつり
女子が集金、当たり前、みたいな空気に
……
いつも飲み込まれてしまうのでした
あ、ハイハイ
女という生きもの 23
小学校のクラスメイトにすごくかわいい子がいて
かわいいな
わたし
いいな

わたしはその子が
オシッコやら
ウンコをする
ところを想像できず
いや、でも
人間なんだから!!
と思ってがんばって
想像していたわけです
が
やっぱり
ムリ……
あらためて、
そのときのことを
振り返れば
どんなにかわいくても
汚いところはある
と、安心したかった
のではないか
だよね、大人はすぐ
「将来美人か」って
目で見るもんねえ
あの頃のわたしに何か
アドバイスしてやりた
いものの、浮かばな
かったのでした
……

文庫あとがき

たんたんと書くことでしか放出できぬ憤りがあったのだろう。久しぶりにエッセイを読み返し、そう思った。

これは40代前半に書いたエッセイだが、思い惑う時期でもあった。

母になる人生と、ならない人生。30代の10年間はならないのもいいかと進み、40代半ばに差しかかるころ、思案に暮れた。

母にならぬということは、子育てを通じての、自分の新たな一面は見られないということでもある。

さらには、わたしが母を慕うような気持ちを、わたし自身は我が子に持ってもらえないということでもあり、わたしがこの世を去るとき、お母さん、お母さんとおいおい泣いてくれる子もいないということ。

たった一回しか生きられない〈わたし〉の人生。
ホントにいいの？
思い惑って当然なので、まじめに思い惑ったものだった。

このあとがきを書いているのは、47歳のわたし。進んでいるのは、母にならない道だった。

結局のところ、個人の幸せは、他人には計り知れぬもの。銘々、幸せを感じる時間があるのだろう、というのが現時点の心境である。女という生きものとして息巻くことはあるけれど、今はおおむね、穏やかだ。

と、締めかけたが、いや、逆にしよう。
今はおおむね、穏やかだ。しかし、女という生きものとして息巻くことはある。

2016年7月　　益田ミリ

この作品は二〇一四年七月小社より刊行されたものです。

幻冬舎文庫

●好評既刊
すーちゃん
益田ミリ

30代独り者すーちゃんは、職場のカフェでマネージャーに淡い恋心を抱く。そして目下、最大の関心事は自分探し。今の自分を変えたいと思っているのだが……。じわーんと元気が出る四コマ漫画。

●好評既刊
結婚しなくていいですか。
すーちゃんの明日
益田ミリ

このまま結婚もせず子供も持たずおばあさんになるの？　スーパーで夕食の買い物をしながら、ふと考えるすーちゃん35歳、独身。女性の細やかな気持ちを掬いとる、共感度１２０％の４コマ漫画。

●好評既刊
どうしても嫌いな人
すーちゃんの決心
益田ミリ

カフェの店長になって2年めのすーちゃんにはどうしても好きになれない人がいる。クラス替えも卒業もない大人社会で、人は嫌いな人とどう折り合いをつけて生きているのか。共感の４コマ漫画。

●好評既刊
すーちゃんの恋
益田ミリ

カフェを辞めたすーちゃん37歳の転職先は保育園。結婚どころか彼氏もいないすーちゃんにある日訪れた久々の胸の「ときめき」。これは恋？　すーちゃん、どうする!?　共感のベストセラー漫画。

●好評既刊
上京十年
益田ミリ

イラストレーターになりたくて貯金２００万円を携え東京へ。夢に近づいたり離れたり、時にささやかな贅沢を楽しみ、時に実家の両親を思い出す。東京暮らしの悲喜交々を綴るエッセイ集。

幻冬舎文庫

●好評既刊

最初の、ひとくち

益田ミリ

幼い頃に初めて出会った味から、大人になって経験した食べ物まで。いつ、どこで、誰と、どんなふうに食べたのか、食の記憶を辿ると、心の奥に眠っていた思い出が甦る。極上の食エッセイ。

●好評既刊

前進する日もしない日も

益田ミリ

着付けを習ったり、旅行に出かけたり。お金も時間も好きに使えて完全に「大人」になったけれど、時に泣くこともあれば、怒りに震える日もある。悲喜交々を描く共感度一二〇%のエッセイ集。

●好評既刊

47都道府県 女ひとりで行ってみよう

益田ミリ

33歳の終わりから37歳まで、毎月東京からフラッとひとり旅。名物料理を無理して食べるでもなく、観光スポットを制覇するでもなく。自分のペースで「ただ行ってみるだけ」の旅の記録。

●好評既刊

週末、森で

益田ミリ

森の近くで暮らす翻訳家の早川さんと、彼女のもとを週末ごとに訪ねる経理部ひとすじ14年のマユミちゃん、そして旅行代理店勤務のせっちゃん。仲良し3人組がてくてく森を歩く四コマ漫画。

●好評既刊

銀座缶詰

益田ミリ

ほうれい線について考えるようになった40代。まだたくさんしたいことがあるし夜遊びだってする。既に失われた「若者」だった時間と、尊い「今この瞬間」を掬いとる、心揺さぶられるエッセイ集。

女《おんな》という生《い》きもの

益田《ますだ》ミリ

平成28年8月5日　初版発行

発行人――石原正康
編集人――袖山満一子
発行所――株式会社幻冬舎
〒151-0051東京都渋谷区千駄ヶ谷4-9-7
電話　03(5411)6222(営業)
　　　03(5411)6211(編集)
振替00120-8-767643
印刷・製本――株式会社　光邦
装丁者――高橋雅之

幻冬舎文庫

ISBN978-4-344-42515-6　C0195　ま-10-15

幻冬舎ホームページアドレス　http://www.gentosha.co.jp/
この本に関するご意見・ご感想をメールでお寄せいただく場合は、
comment@gentosha.co.jpまで。